夏雲

武内雷龍

海象社

夏雲

『山月記』中島敦と、その母

一

小田急線《おだきゅうせん》「新百合ヶ丘駅《しんゆりがおかえき》」の改札を出ると、桜庭幸雄《さくらばゆきお》さんの姿は、いつも、すぐ見えた。駅舎の二階が改札口になっている。

その改札口の前、駅構内の通路をはさんだ向かい側の、横に細長い店の前に置かれたベンチに、たいてい紙の手提げ袋を持って、座っておられるのであった。

フレームの上辺が飴色をした眼鏡をかけ、半ば白髪で、痩身《そうしん》の桜庭さんが、ある日は、英国風のジャケットにネクタイを締め、胸のポケットにはネクタイと対《つい》の茶系統のハンカチを三角にのぞかせ、姿勢はあくまで正しかった。

桜庭さんの座っておられるところだけ、周りがどんなに騒がしくても、いつも静謐《せいひつ》な空気があった。どこかさびしく、座禅でもしておられるようにさえ見えた。

私は、その人柄に惹かれた。

私が先に来た時は、やはり同じように、このベンチに座っていた。ベンチには、いつも二、三人の人が座っていた。

たいてい、私たちは、約束の時刻の五分か十分前には顔を合わせた。

「このあいだは、どうも。」

簡単な挨拶を交わしたあと、

「いつもの所にしましょうか。」

桜庭さんが言い、

「そうですね。」

私が答えて、駅の南口を出る。

車の通らない広場のようになっている道路を、左側に並ぶ大型小売店の前を通って少し行くと、右側に銀行があり、その銀行の外側の階段を下りる。下りたところが一階になっていて、私たちはそこの喫茶店に入る。

桜庭さんが最初に誘ってくださった喫茶店である。私たちはこの店ばかりで、ほかの店へ行くことはなかった。

それはいつも午後のことで、私たちはなるべく隅のテーブルに向かい合って座り、二人とも同じように低い声で、ぼそぼそと話し合い、気がつくと、いつのまにか外は暗くなっているのであった。

話題は会うたびに決まって、名作『山月記』『李陵』などを書いて、昭和十七年（一九四二）十二月四日、三十三歳でこの世を去った中島敦《なかじまあつし》のこと、そして敦を生み、この桜庭幸雄さんを生んだチヨのことに及んだ。

桜庭幸雄さんは、中島敦の異父弟である。

「うちへ来ていただくといいんですが、ばあさんがいるもので。」

ばあさん、と言われるのは、桜庭さんの継母である。

桜庭さんのお宅は、新百合ヶ丘駅から徒歩数分のところにあるが、このおばあさんに聞かれるところで、桜庭さんは実母について語るのは、この年になってもはばかられたのである。

桜庭さんは、母上のことを「チヨ…」と言われながら、秘して来られた想い出の数々を、話してくださるのであった。そして、兄敦《あつし》のことを、「トン」と呼ばれる。

桜庭さんと、こうして会って話し合うようになったのは、昭和六十二年（一九八七）の暮れごろからのことである。


チヨは、二度結婚し、父親の違う二人の男の子、中島敦とこの桜庭幸雄さんを生んで、大正十年（一九二一）七月三日、三十五年の短い生涯を閉じたのであった。

二

チヨは、薄倖の女性であった。

父岡崎勝太郎《おかざきかつたろう》、母きの夫婦の一人娘として、明治十八年（一八八五）十一月二十三日、東京で生まれている。

父勝太郎は旗本の出で、明治維新後は東京の警官をしていたといわれているが、はっきりしたことは不明である。

明治四十一年（一九〇八）、東京の尋常《じんじょう》小学校の教員をしていたチヨは、二十三歳で、当時、千葉県銚子《ちょうし》町外二町五ヶ村組合立銚子中学校の漢文教師であった三十四歳の中島田人《なかじまたびと》に嫁した。戸籍では、明治四拾壱年拾貳月貳拾壱日、東京市四谷《よつや》區で受け付けている。

田人は、明治三十年に文部省教員検定試験漢文科に合格し、埼玉県南埼玉郡江面《えづら》村私立明倫館《めいりんかん》、ついで東京市神田区私立錦城《きんじょう》中学校を経て、銚子中学校に勤務していたのである。当時としては、二人とも、遅い結婚であった。

チヨは、翌四十二年（一九〇九）五月五日、敦を生んだ。しかし、次の年の二月には離婚している。二年にも満たない結婚生活であった。

敦は、生後十ヵ月にもなっていなかった。

戸籍上の離婚の成立は五年後のことで、中島田人の戸籍によれば、

「妻チヨト協議離婚届出大正参年貳月拾八日受附」

と、協議離婚を記載し、次の行には、同じ日に、

「紺家カツト婚姻届出大正参年貳月拾八日受附」

と、田人と紺家《こんか》カツの婚姻届出を受け付けている。

結婚、離婚の実際の月日は、戸籍の届出の日付とは必ずしも一致しない。むしろ一致しないことのほうが、当時は多かったのであろう。


母チヨのもとにいた敦が、父田人のもとに引き取られたのは、明治四十四年(一九一一)八月のことである。

田人が、関家《せき》へ養子に入った、田人より九歳年上の四兄関若之助《せきわかのすけ》(翊《たすく》)に宛てた明治四十四年八月二十七日付の手紙がある。

拝啓

此度はトンダ御迷惑相《あい》かけ、此れも畢竟《ひっきょう》私不徳の致す所、何共申訳無之《これなき》次第ニ御座《ござ》候《そうろう》 昨夜は又停車場まで態々《わざわざ》御見送り下され難有《ありがたく》存じ候 昨夜汽車中は、至極元気に有之《これあり》、何の難題も申さず候、家ニ着いてからも、機嫌よく遊び此れ亦至《し》極《ごく》静穏ニ有之、此れならば、さしたる事もなからんかと存じ居《おり》候処《ところ》、就寝後一二時間たつと、徐《おもむろ》ニむづかり始め、終《つい》には「カアチヤン何処《どこ》へ往《い》つた」「カアチヤン処《ところ》へ往く」といつて駄々をコネルには実に閉口いたし候、いくらなだめても、すかしても、泣き已《や》まず、たゞ泣き疲るゝのを待つのみニ有之候 「カアチヤン」と泣かるゝ毎に、腸を寸断せらるゝ想《おもい》、男泣《おとこなき》に泣き申候《もうしそうろう》（泣く毎に抱きかゝへて、蚊帳《かや》の内外をあるき申候、夫《そ》れか為《が》め、背中は流汗淋漓《りゅうかんりんり》、ビツシヨリニ相成《あいなり》候夫《そ》れでも、四時頃になりて、漸く天の明けかゝる頃には、泣きやんですや〳〵と眠りはじめ候へは《ば》、此の間を偸《ぬす》んで一睡を貪《むさぼ》り申候。六時頃に目覚め候時《そうろうとき》には、元気恢復《かいふく》して、難題をもいはず。早速池の緋鯉《ひごい》やら、鳥屋の七面鳥を見せ、機嫌をとり候。今日も折々「カアチヤンは何処へ往つた」と問ふ事も有之候へと《ど》も、いゝかげんに、ごまかしおき候。しかし夜になつたならば、いかゞのものにや。気づかはれ申候。今日は下痢二三回有之、熱も少しく有之候へと《ど》も、心配になる程には無之候、救《きゅう》命丸《めいがん》でも飲まする積《つもり》ニ候。今まで母の側のみニ居り候ものが、一朝《いっちょう》母の手を離れ候事なれば、此の位の事は当然の事と存じ候。今後もし毎夜やかましき様に候はゞ、学校の方も一両日欠勤致さんかと考へ居候。しかし大抵それには及《(ぶ)》ふまじく候。先は右状況まで御しらせ申上候

八月廿七日　午后四時

田人

賢兄　侍史

これによれば、チヨのもとにいた敦が、田人に引き取られたのは、明治四十四年（一九一一）八月二十六日のことである。

敦、二歳三ヵ月である。

田人は、前年から奈良県立郡山《こおりやま》中学校の教師になっていたので、夏休みに奈良から戻り、敦を引き取り、埼玉県久喜《くき》の実家へ連れて行った。

その実家で、母きくと、夫に先立たれて実家に戻っていた姉ふみに、敦を育ててもらうように頼んであったのである。

この日、東京は晴れて、蒸し暑かった。

田人は、兄若之助に同道してもらい、敦を引き取りに行った。チヨの実家へ行ったの

か、どこかほかの場所であったのかはわからない。

二歳三ヵ月の敦は、父田人を覚えていたのであろうか。

いくらなだめすかしたとしても、母親から離されて、まったく知らない小父さんに連れられてどこかへ行くということは考えられない。泣き叫び、暴れることであろう。そういうことがなくて、何の難題もなく、至極元気に、機嫌よく田人についていったのだから、敦は、田人をよく知っていて、トウチャンと思っていたのであろう。「トウチャン」と呼んでいたのかも知れない。

とすると、離婚したあとも、田人は敦と時々は、会っていたと考えられる。田人が敦に会うことを、チヨが認めていたのであろう。

また、敦の引き取りについて、田人は、何回かはチヨと話をするために会っていただろうから、そういう時にも、敦を抱いたり話しかけたりすることがあったのであろう。

若之助は、田人とチヨの結婚の仲介をした人で、チヨの実家とは以前から交際があり、二人の離婚後も、チヨやチヨの実家とは、つながりがあった。

幼い敦は、若之助の顔も知っていたのであろう。

若之助は、弟父子を上野駅まで見送った。

田人は、敦を連れて上野駅から汽車に乗り、母きくのいる埼玉県久喜の実家へ行った。

その夜、「カアチヤン何処《どこ》へ往《い》つた」「カアチヤン処《ところ》へ往く」と言って、いくらなだめても、すかしても、泣き已《や》まない敦を抱いて、田人は、蚊帳《かや》の内外を歩きながら、腸を寸断される思いで、男泣きに泣いたのである。

その同じ夜、敦を手ばなしたチヨは、何を思い、どのように過ごしていたのであろうか。

三

田人とチヨは、なぜ離婚しなければならなかったのか。

田人は、大正元年（一九一二）九月三日、兄関若之助宛の手紙のなかに、次のように書いている。

「此の度の件ニ付きては種々御心を煩《わずら》はし、重々の御配慮、何とも申訳無之《これなく》候。此れも畢竟《ひっきょう》するに私の不徳の致す所、慙愧《ざんき》の至りに不堪《たえず》候。」

「夢にだも想はざりし事の出来《しゅったい》せしは、まことに遺憾の極《きわみ》に候。腹だゝしくもあり、悔しくもあり、凡人の情、平然たること能はず、自ら精神修養の足らざるを恨み申候。」

「彼は惜《おし》むに足らず、否、むしろ唾棄《だき》すべきもの、彼に対して一毫《いちごう》も恋々《れんれん》の情は無之《これなく》候へども、たゞ一念敦の将来に及べば、自ら暗涙の催すを覚えず候。彼にしてもし私が敦を思ふ情の半分もありたらんには、こんな事には至るまじきものをと、今更愚痴《ぐち》がこぼれ申候。されど、私の将来に対しては、反つて此の方がよろしきやも計られず候。彼れとつれ添ふ事は六十年の不作かも知れず候。」

「此度の件、先方より請求とありては、私もあまりニ不面目《ふめんぼく》ニ候へば、当人同士会議の結果にて離婚と決定せし様ニいたしておき度候《たくそうろう》。久喜《くき》其他にはさういふ様ニ申上げる積りニ候。左様《さよう》御承知相願度《あいねがいたく》候。送籍の事、御面倒にも候はんが、よろしく御願上申候。此れは決して御急き《ぎ》には及ひ《び》不申《もうさず》候。むしろゆつくり願度《ねがいたく》候。先方には、なんだか、言ひ難き事実の伏在するにあらずやとも疑はれ候へば、其等の事の明《あきらかに》なりし上にて送籍の事を了したく候。虚偽の口実に欺かれて離婚を承諾するもあまりニ意気志《いくじ》なく、忍ひ《び》得られぬ事ニ候。よし其事が、私の体面ニ関する事柄にもせよ、事情丈《だけ》は明白にしたきものニ候。実は私より当人に対して偽らざる告白を要求いたしおき候。此の要求が達せられざる限り、送籍はせぬとまで申送り候」

田人は、切々と「遺憾の極《きわみ》」の気持ちを訴え、敦の将来に思い及んで、思わず暗涙を催すのであった。

そして、先方よりの請求で離婚するのは不面目なので、当人同士の話し合いの結果で離婚と決定したことにしておきたい。送籍は急がないでほしい。先方に言い難い事実が伏在しているのではないかと疑われる。それを告白しない限り、送籍はしない……と言うのであった。

いったい、出来《しゅったい》した「夢にだも想はざりし事」「こんな事」「言ひ難い事実」とは、何だったのであろうか。田人をして、チヨを、「彼は惜《おし》むに足らず、否、むしろ唾棄すべきもの」と言わしめたものは、何だったのであろうか。

桜庭幸雄さんは、しみじみと言われた。

「チヨは、男の人ができて離別されたという人がありますが、もしそうだとしたら、チヨは小学校の先生をしていたらしいので、その勤めていた学校の男の先生のなかに好きな人がいたのかもしれません。」

チヨは、ほんとうに小学校の教師をしていたのか、どこの学校に勤めていたのか、幸雄さんにもわからなかった。

明治六年（一八七三）、東京に小学教則《きょうそく》講習所が開設され、三年後に東京府師範《しはん》学校と改称される。東京府女子師範学校が出来たのは、明治三十三年（一九〇〇）である。

この女子師範学校が、第一回の卒業生二十四名を送り出したのは明治三十五年（一九〇二）である。東京府女子師範学校の卒業生の名前を載せている『会員名簿』を見ると、明治三十七年（一九〇四）三月に卒業の第三回生五十三名の名がある。

そのなかに、

「桜庭千代（岡崎）」


の名がある。

これが、チヨである。

チヨは、日露戦争が勃発した明治三十七年二月の翌月に東京府女子師範学校を卒業して、四月から、東京の尋常《じんじょう》小学校の教師になった。それがどこの小学校であったか、「岡崎チヨ先生」に教わった子どもたちがいたはずであるが、不明である。

チヨが、明治四十一年（一九〇八）に田人と結婚した時に退職したとすれば、四年間の教員生活だったわけである。

チヨは才女で、文学に関しても高い教養を持っていた。その遺伝子は二人の男の子に受け継がれている。

敦が生まれて、まだ間もないころのことである。

何かで中島家の親戚の人たちの集まりがあった時、チヨは、敦を、年上の敦のいとこたちに預けて子守りをしてもらい、自分は、漢学者である義父中島撫山《ぶざん》と源氏物語について語り合い、乗りに乗っていたという。撫山は、田人の父である。

また、ある時は、敦を背負ったまま、撫山の漢籍の講義を聴いていたこともあったという。

離婚した後、田人は、チヨから籍を送ってくれるように言ってきたが、意地になって、送らなかった。

田人が、奈良の郡山《こおりやま》から、兄関若之助（翊《たすく》）宛に出した、大正二年三月二十三日付の手紙がある。そのなかで、次のように書いている。

……千代の件、先方より至急送籍し呉《(く)》るゝ様《(よう)》申し来り候趣《(おもむき)》に候へども、私の考《(かんがえ)》にてチト時機尚早と存じ候　昨年九月に今後五ヶ年の中ニは必ず送籍すると千代に申しきけおき候へば、今時分先方よりそんな要求は出来ぬ筈《(はず)》ニなり居《(おり)》候　チト意地悪力《か》は知らず候へども、尚ほ当分の内は此のまゝニいたしおき度《たき》考《かんがえに》ニ候。就職には何にもさしつかへはなき筈ニ有之《これあり》候。たとひ差支《さしつかえ》が少し位有之候とも、それは身から出たさび、其位《そのくらい》の事は我慢すべき筈ニ候。一婦人をつかまへ、こんな意地悪をするのは、あまり大人げなき様には候へども、あまりに人をふみつけた処置でもあり、又九月私より詰責《きっせき》の際にも、失敬なことを申し来り（尤《もっと》もすぐに謝罪し来り候へども）重々の不都合ニ付、まだ〳〵かんべんいたしがたく候。右の次第ニ候へば、もし先方より重ねて尋ね来候はゞ、「まだ〳〵とても承知は出来ぬ、此の方より時機を見て送籍するまで待ち居れ」と奈良より申し来れりと御答へ下され度《たく》願上げ候

「申しきけ」は、申し伝えるの意。

チヨの戸籍を抜いて送ってしまえば、チヨは、すぐにでも再婚できる。自分を裏切っておいて、踏みつけておいて、そんなことは許されない。田人は、我慢ができなかったのである。

チヨは、田人が「夢にだも想はざりし事」によって離別され、敦を連れて、実家に帰った。実家には、チヨの父勝太郎と母きのがいた。勝太郎、きの、チヨ、敦の四人の生活と

なった。

しかし、岡崎勝太郎は、その翌年、明治四十四年（一九一一）四月四日に、この世を去った。チヨが、敦を田人に引き渡す四ヵ月前のことである。

勝太郎は、離縁されて戻ってきた一人娘チヨと、孫の敦の今後のことが、気になっていたことであろう。

敦は、生後十ヵ月ごろから、二歳になる直前まで、祖父勝太郎と一緒に暮らした。祖父の膝に抱かれたこともあったであろうが、幼かった敦の記憶にはまったくない。

岡崎家では、四ヵ月の間に、勝太郎が死に、そして、二歳三ヵ月になるまで手許《てもと》に置いて育てた敦を手放してしまうと、残された寡婦《かふ》の岡崎きのと出戻りのチヨの、母娘二人だけの淋しい生活になった。

家の中はがらんとして、母娘の心の中にも、大きい空虚な穴が開いたようであった。

チヨは、田人と別れたあと、一度、田人の兄関翊《たすく》（若之助）を介して、田人に復縁を申し入れている。

翊は、田人とチヨの結婚の世話をした人で、養父の関氏は、チヨの父岡崎勝太郎の知人であった。

田人は、チヨの申し出を受け入れようとしたが、復縁はならなかった。

田人の次兄で、田人より十五歳年上の端《たん》(斗南《となん》)と、女学校の教師をしていた田人のすぐ上の独身の姉志津《しづ》が、反対した。特に、田人より二歳年上で、潔癖性の強い志津は、自分のことではないのに、「覆水盆《ふくすい》に返らず」と強硬に主張した。チヨの行為に対して許せないものがあったのである。

田人は、自分のことでありながら、兄や姉に逆らうことはできなかった。

田人は、漢文の教師で、自分のことをいつも「わが輩《はい》」と言っていた。

漢文の教師といえば、剛直な人のようにも思われるが、田人はその反対で、人のいい、気の小さい、優柔不断なところのある人であった。身内の人たちからは、からかい半分に「わが輩さん」と呼ばれていた。

田人は、チヨを許し、受け入れる気持ちにもなっていたが、反対する兄や姉に従った。その反対を押し切ってまで、復縁しようとする強い意思があったわけではなかった。

田人の母きくは、チヨを不憫《ふびん》に思い、チヨにお金を遣《や》ろうと思って、わが子若之助に手紙を書いている。

大正三年(一九一四)一月十三日である。

「千代ニ遣《つかわ》し候ハ如何《いかが》ノ物ニ候哉《や》　わるく候ハ《ば》、御見合《みわせ》下され　只々身からでたさびとハいへ余りかハ《わ》ゆそうニ候　間《そうろうあいだ》遣したくとハ存候《ぞんじそうら》へと《ど》も御考へノ上御遣し被成《なされ》たく何《いず》れニも宜敷《よろしく》御取計《おとりはから》ひ下さい」

「千代ノ事病気とあれハ《ば》猶更早くかたづけ候様《よう》田人へ籍もかへしおくり候　様《そうろうよう》致《いたし》度《たく》候　至急取計ひ候様御　申　聞《おんもうしきけ》可被成《なさるべく》候　田人はグズ〳〵故至急かたヲ附候様御《み》許様《もとさま》より御差図《おさしず》被成度《なされたく》　本人の心得　違《こころえちがい》仕出《しで》かし候事とハ言《いい》ながらふびんと存候　もし序《ついで》も御さ《ござ》（座）候ハ《ば》、宜敷御　申　聞《おんもうしきけ》敦事御承知ノ通り極《ごく》丈婦（丈夫）ニ候間決《けっし》テ〳〵心配ニ不及《およばず》と御申聞下されへ《べ》く候　又是ハ内々ニ候へ共私事少々なか《が》ら千代へ遣し度と存候へ共只今手元ニ無之《これなく》御立替置《おたてかえおき》五円程遣し度　しかし是ハ何人《なんぴと》ニもしれぬ様しつ（志津）ニもふき（ふみ）ニも内々為程　縁のきれ候物《そうろうもの》ニ私が遣スわけも無　候　間《なくそうろうあいだ》敦の名前ニテ見舞ニ遣したく本人ニも何人ニも極々《ごくごく》内々ノ事御申下されたく　余り少く候へ共是ハ私の心斗《こころばか》り自分より申出候事故《ことゆえ》ジゴウジトクニ候へ共只々老人ノ事故《ことゆえ》なみだのみ出候　万事よろしく〳〵　御立かへノ分ハ何れ其内御返済申上候」

「めんど《面倒》ふ〳〵やう〳〵したゝめ候
御《ご》はんし《判じ》下されたく候」

一月十三日

母より

若之助と《(ど)》の

呉々《(くれぐれ)》も敦事ハまゝ母の手ニハかけ不申《(もうさず)》　おふきも居り何事も差支なく安心致候様御申通し被成《(なされ)》たく候」

——千代にお金を遣《や》るのはどんなものでしょうか。悪ければ見合わせてください。ただただ身から出た錆とは言え、あまりにかわいそうですので、遣りたいとは思いますが、お考えの上お遣りなされますよう、どちらでもよろしくお取り計らいください。

——千代のこと、病気であれば、なおさら早く片付けるよう、田人に籍も返し送るよう致したい(させたい)です。至急取り計らうよう、言い聞かせなさってください。田人はグズグズですから、至急、片《かた》をつけるよう、あなたから差図なさってください。本人の心得違い仕出かしたこととは言いながら、不憫《ふびん》と思います。もし、ついでもありましたら、(千代に) よろしく申し伝え、敦のことご承知の通り、ごく丈夫ですから、決して決して心配に及ばないとお申し伝えください。また、これは内々にですが、私少しですが千代へ（お金を）遣《や》りたいと思いますが、いま手元にないのでお立替えおいて、五円ほど遣りたく、しかしこれはだれにも知られないように、志津にもふきにも内々になさって、縁の切れたものに私が遣る理由もないので、敦の名前で見舞いとして遣りたく、本人にも誰にもごくごく内々にのことだと申してくださいますよう。あまり少ないですけれど、これは私の心ばかり（千代が）自分から申し出たことゆえ自業自得ですが、ただただ老人のことゆえ涙のみ出ます。万事よろしくよろしく、お立替えの分はいずれそのうちご返済申し上げます。

めんどうめんどう　ようよう書きました。

おしはかってご判断ください。

——敦のことは、まま母の手にはかけません。おふきも居り、何事も差し支えることがないから、くれぐれも安心するようにお伝えください。

さすがに母親で、わが子の性格もよくわかっていて、田人はぐずぐずだから、早く送籍するように差図して欲しいと頼んでいる。

そして、チヨの「心得違《こころえちがい》仕出《しで》かし」、「身から出たさび」とはいえ、余りに不憫《ふびん》なので、志津やふきに内々で五円ほど遣りたいが、いま手元にお金がないから立て替えて置いてほしい。敦は丈夫だから、心配しないようにと伝えてください。縁の切れたものに私がお金を遣る理由もないので、敦の名前で見舞いとして遣りたい。余りに少ないが、私の心ばかり。老人のことゆえ涙のみ出る……という七十七歳のきくが、ようよう認《したた》めた手紙である。

四

田人は、明治四十三年（一九一〇）二月にチヨと離婚し（戸籍上は大正三年）、その年の四月に奈良県立郡山《こおりやま》中学校に転任になり、単身赴任した。

翌年、チヨのもとから敦を引き取ったが、独身生活の身では育てられず、久喜《くき》に預けたのである。

敦は、埼玉県久喜町の祖母きく（よし）、伯母ふみのもとで学齢に達するまで、育てられた。

敦が久喜に引き取られた時、きくは七十五歳、ふみは五十四歳である。

きくは、田人の母である。

ふみは安政四年（一八五七）生まれで、きくの最初の子である。田人より十七歳年上の姉で、一時、高松藩（松平氏）の江戸の藩邸に行儀見習いとして奉公していたこともあった。藩邸でふきと呼ばれていたので、きくも、ふきと呼ぶこともあった。河野氏に嫁したが、夫を早く失い、長男周《たき》を連れて、実家に帰っていた。

きくと、ふみが、敦の面倒をみたのである。

きくは、のちに大正十三年（一九二四）三月十二日、八十七歳で逝った。この年、敦は、十五歳。朝鮮京城公立中学校三年生であった。

ふみは、昭和十八年（一九四三）二月十八日、八十六歳で逝った。敦の死後二ヵ月半であった。

田人の父で、敦の祖父である中島撫山《ぶざん》（慶太郎《けいたろう》）は、敦を引き取る二ヵ月前の明治四十四年六月二十四日、八十二歳で没している。

田人とチヨが離婚する前には、一歳に達しない赤ん坊の敦が、撫山の膝に抱かれて、白髪長髯の顔をじっと見上げていたことがあったようだが、敦には記憶がない。

撫山は、江戸後期の儒学者亀田鵬齋《かめだぼうさい》の子で、父の学を継いだ綾瀬《りょうらい》、その養子鶯谷《おうこく》父子に師事した漢学者である。

敦は、『狼疾記』のなかに、「父祖伝来の儒家に育った自分」と書いている。チヨはその儒家に嫁いで、敦を生んだのである。

儒家・中島家の様子を概観すると、次のようである。


敦の祖父・撫山は、文政十二年（一八二九）四月十二日、江戸に生まれた。

その一と月前の三月に、江戸に大火があった。

神田佐久間町から出火して、神田・日本橋・京橋の中心部が焼失。被害は焼失家屋三十七万戸、死者二千八百余人に及んだ。

中島家は、江戸日本橋新乗物町（現・中央区堀留町《ほりどめ》）に本宅があったが、この大火で、一家は、亀戸《かめいど》にあった大祖父の隠居所に移った。撫山はここで生まれている。

撫山は後年、明治四十二年八十一歳の時、埼玉県久喜新町へ居を移したが、新居は亀戸の大祖父の隠居所に大変よく似ていた。撫山は、自分が生まれた遠い日を想い、『移居有感』（居を移して感有り）と題する漢詩を作っている。

憶昔江東亀戸里　　憶う昔江東《こうとう》亀戸の里
大翁荘宅頗相似　　大翁の荘宅頗る相似たり

燬都文政劫災年　都を燬《や》く文政劫災《ごうさい》の年
老子呱呱生那裏　老子呱呱《ここ》那裏《なり》に生まる

中島家は代々、大名に、駕籠《かご》を製造して納めることを業とした。撫山は、十一歳の時に母登余《とよ》を、十九歳の時に父良雅《よしまさ》を失った残った祖父を扶《たす》けて、駕籠製造の家業を継いだが、学問に傾倒した。少年の日の母との死別が、彼を学問の道に向かわせたのであろう。撫山は晩年になっても、亡母を深く慕ってやまなかった。

安政四年（一八五七）、撫山二十九歳の時、祖父が没した。父亡き後十年、この祖父を守って、家業に力を尽くしてきた。

しかし、祖父が亡くなったのを機に、撫山は、駕籠製造の家業を棄て、家を出る決意をする。

この年の秋八月二十二日、仕事を放擲《ほうてき》して、飄然《ひょうぜん》と、東京から北四十里半（一六二キロメートル）の日光《にっこう》への旅に出た。ただの旅ではなかった。男体山《なんたいさん》に登る誓いを立てていた。新しい人生の道へ踏み出す誓いであった。日光は、かつて彼が十歳の時、祖父に連れられて行ったところである。その思い出があった。

一族の者は、撫山を連れ戻そうとして、撫山の妹婿の日永徳瑤《ひながとくよう》に後を追わせた。二十九日、日永は幸手《さって》の宿で追いついた。

預かってきた家人の手紙を渡して、すぐに帰宅するよう促した。しかし、必ず嶽嶮を履《ふ》むことを誓いとしていた撫山は聞き入れなかった。却って、日永に一緒に日光へ行ってくれるようにと頼むのであった。日永は、思い悩んだが、撫山の熱誠に心を動かされ、ついに、撫山を連れ戻すという任務を棄てて、行を共にすることにしたのである。木乃伊《みいら》取りを木乃伊にしてしまった、撫山の人柄を知る逸話である。

この旅について、撫山は、『楽托日記《らくたくにっき》』と題する、十数篇の漢詩をはさんだ漢文体の紀行に書き残している。

二十二日間にわたる日光の旅から帰ると、撫山は、家産のすべてを一族の者に譲り、年の暮れに、家族を伴って両国《りょうごく》に移った。

そして、翌安政五年（一八五八）正月、撫山三十歳、初めて漢学塾「演孔堂《えんこうどう》」を開いた。

慶応四年（一八六八）四月十一日、江戸城は開城し、七月、江戸は東京と改称され、新しい時代が始まった。しかし、世の中の混乱は続いていた。

撫山はそれを避けて、翌明治二年（一八六九）、東京から北へ十二里（四八キロメートル）の埼玉県の久喜《くき》に転居した。ここを永住の地として、のちに本籍も移した。

明治六年（一八七三）、榎本《えのもと》という大地主から土地の提供を受けて、ここに「幸魂《さきたま》教舎」という漢学塾を設け、久喜、鷲宮《わしみや》地方を中心に、多くの青年たちの教育に当たった。

「幸魂」は、埼玉の語源である「さきたま」に因んだ文字である。

「幸魂教舎」は、明治二十年（一八八七）に「言揚《ことあげ》学舎」と改められた。撫山が病没するまでの約四十年間に、ここで教えを受けた者は、千数百人に上ったという。

明治から大正にかけての、この地方の有力者の多くは、撫山の教えを受けた人々であった。

撫山には、漢詩漢文の作品を集めた『演孔堂《えんこうどう》詩文』や、『性説疏義《せいせつそぎ》』、『古事記序解』『楽托《らくたく》日記』などの著書があり、そのほか、多くの書画を残している。

撫山、田人、敦と、漢学の教養が中島家三代にわたって引き継がれるのである。

撫山の初めの妻は、日永《ひなが》氏の女《むすめ》、紀玖《きく》であるが、伎與《きよ》、靖《やすし》（綽軒《しゃっけん》）の一男一女を設けたあと、安政二年（一八五五）十月二日の大地震で、若くして亡くなった。家屋の倒壊による圧死であっただろうか。あるいは、その後の火災による死亡であっただろうか。

この時の大地震、大火で、江戸では一万四千軒余が倒壊、七千余人の死者が出ている。この月の余震は、八十回に及んだ。

後妻のきく（よし）は、信州須坂《すざか》の藩士亀田円二兵衛《かめだえんじべえ》の次女で、撫山との間に、ふみ、端《たん》（斗南《となん》）、竦《しょう》（玉振《ぎょくしん》）、美都《みつ》、翊《たすく》（若之助）、開蔵《かいぞう》、志津《しづ》、田人《たびと》、比多吉《ひたき》、有楽《うら》の六男四女を設けた。

田人は、撫山の六男である。

撫山は、明治四十四年（一九一一）六月二十四日、病床に臥すこと十余日にして逝った。八十三歳であった。

撫山の墓は、久喜市の真言宗豊山《ぶざん》派光明《こうみょう》寺にある。

ここに墓を建てるにあたり、光明寺では、撫山が神道であったため、初め躊躇したが、孫の中島敦が有名になっていたので、受け入れた。

昭和五十九年（一九八四）三月三十日、この墓域に、「中島撫山先生《なかじまぶざん》」と題して、その経歴を書いた、真言宗豊山派光明寺、久喜市教育委員会連名の案内板が建てられた。

私は、折原澄子さんに案内していただいて、この墓前にお参りした。

長男靖《やすし》（綽軒《しやっけん》）も、父撫山の師である亀田鶯谷《かめだおうこく》に学んだ漢学者である。

招かれて、栃木県師範学校の教員になったが、明治十五年師範学校を辞職して、栃木市の入舟町の渦《うず》川の近くに漢学塾「明誼《めいぎ》学舎」を開いて門弟の指導に当たった。

教授法は、まず四書五経の素読から入り、十八史略、史記、文選《もんぜん》に及び、漢詩も教えた。

このころは汽車がないので、渦川にはいつも東京通いの荷船がたくさんいた。

近郷近在から門弟が集まり、塾は栄えたが、靖は、明治三十九年（一九〇六）六月十九日、五十四歳で、七十七歳の父撫山に先立って、世を去った。

「綽軒《しゃっけん》中島先生遺愛碑」が、綽軒の七回忌を前に、明治四十五年三月、異母弟である次弟端《たん》の撰文、三弟竦《しょう》の書で、現在の栃木市と大平町《おおひらまち》の境にある太平山頂《おおひらさん》に立てられた。（大平町は、初め三村合併した時、村名を太平山から取り、画数四の「太」から画数を奇数三の「大」にして「大平村」とした。その後、町制。）

次男端《たん》（斗南《となん》）からは、後妻の子である。端も鷲谷に学び、江面村《えづら》（現・久喜市）の宮内翁助《みやうちおうすけ》と共に私立学校「明倫館《めいりんかん》」を設立して、初代館長になった。のち、中国問題に心を傾けて、『日本外交史』『支那分割の運命』を著した。漢詩集『斗南存稾《となんそんこう》』もある漢学者である。

『斗南存稾』には、辛亥《しんがい》革命の際に日本に亡命し、京都で内藤湖南《ないとうこなん》らと親交のあった中国の金石学者、羅振玉《らしんぎょく》（一八六六〜一九四〇）の序文がある。敦は、その作『斗南先生』に、この序文を引用して、次のように書いている。

「予往歳滬江《ココウ》（上海のこと）ニ寓居《グウキョ》ス。先後十年間、東邦ノ賢豪長者、道ニ滬上ニ出ヅルモノ、縞紵《コウチョ》ノ歓ヲ聯《ツラ》ネザルハナシ。一日昧爽《マイソウ》、櫛沐《シツモク》ニ方《アタ》リ、打門ノ声甚ダ急ナルヲ聞キ、楼欄ニ憑《ヨ》ツテ之ヲ観ルニ、客アリ。清癯《セイク》鶴ノ如シ。戸ニ当リテ立ツ。スミヤカニ倒屣《トウシ》シテ之ヲ迎フ。既ニシテ門ニ入リ名刺ヲ出ダス。日本男子中島端《タン》ト書ス。懐中ノ楮墨《チョボク》ヲ探リテ予ト筆談ス。東亜ノ情勢ヲ指陳《シチン》シテ、傾刻十余紙ヲ尽ス。予洒然《センゼン》トシテ之ヲ敬ス。行クニノゾンデ、継イデ見ンコトヲ約シ、ソノ館舎ヲ詢《ト》ヘバ、豊陽館ナリトイフ。翌日往イテ之ヲ訪ヘバ、即チ已《スデ》ニ行ケリ矣。……」

これは又恐ろしく時代離れのした世界である。が、「日本男児云々」の名刺といひ、「打門ノ声甚ダ急」といひ、「清癯鶴ノ如シ」といひ、「翌日訪ねると、もう何処《どこ》かへ行って了《しま》ってゐた」といひ、生前の伯父を知ってゐる者には、如何にも其の風貌を彷彿《ほうふつ》させる描写なのだ。

斗南の『斗南存稾』と、祖父撫山の『演孔堂詩文』は、のちに昭和八年一月二十八日、敦によって、東京帝国大学付属図書館に寄贈された。

斗南は、生涯独身であった。

敦は、親戚の者から、その気質が、この伯父斗南に似ているとよく言われるのを嫌った。彼自身、その言葉が当たっているところがあるように思い、この伯父に、自分の老いた時の姿を見せつけられるような気がして、嫌悪を感ずるのであった。

癇癪《かんしゃく》で、やかましいので、甥や姪たちからは、「やかまの伯父《おじ》」と呼ばれていた。病気の時は、少しの我慢もできなく、看護婦が気に入らないとあしざまに罵《のの》り、「看護婦を殴れ。殴つても構《かま》はん」などと叫び、狂気じみた言動をした。

しかし、ぴんと突き出た眉の下に、大きい眼がくぼんでいて、童貞にだけしか見られない浄らかさを持って、いつも美しく澄んでいた。

斗南は、経済的には殆んど全部、他人の援助を受けていた。

斗南は胃癌を病んだ。どうせ助からないのなら、病院よりは身内の家で死を迎えさせてやりたいと、弟開蔵《かいぞう》が、東京洗足《せんぞく》の自宅に斗南を引き取った

癌による苦痛は、極めて激しかった。食物という食物は、咽喉を通らなかった。まる三週間近く、水のほか何にも摂《と》れないので、まるで生きながら餓鬼道に堕《お》ちたようなものであった。

しまいに、斗南は、「薬で殺して呉《く》れ」と言い出した。

医者は、それは出来ないと言った。だが苦痛を軽くするために、薬で睡眠状態にし、それを死ぬまで持続させることにした。薬を服《の》むと、再び覚醒して生還することはない。

いよいよその薬を服むという時に、敦は、伯父に呼ばれた。

伯父は、扶《たす》けられて、やっと蒲団の上に起きて座り、夜具を三方に積ませて、それに凭《よ》って体を支えていた。伯父は側にいる一人ひとりを呼んで、床の上に来させ、その手を握りながら、別れの挨拶をした。

最後に敦が呼ばれて近づくと、伯父は、真っ白な細く堅い手を、敦の掌に握らせながら、とぎれとぎれの声で言った。

「お前にも色々厄介《やっかい》を掛けた。」

敦は、その時の伯父の眼の光の静かな美しさに、ひどく打たれた。

伯父が死んで、棺の中に、経帷子《きょうかたびら》を着せられて横たわった、子どものような姿を見て、敦は涙が止まらなかった。

昭和五年（一九三〇）六月十三日、七十一歳であった。敦、二十一歳。東京帝国大学文学部国文学科に入学して三ヵ月である。

斗南は、死ぬ一月ばかり前に、遺言のようなものを書いた。

「勿葬、勿墳、勿碑」（葬式を出すな。墓に埋めるな。碑を立てるな。）

斗南の歌が残っている。

あが屍野にな埋みそ黒潮の逆まく海の底になげうて
さかまたはををしきものか熊野浦寄りくるいさな討ちてしやまむ

一首目の歌は、自分の屍は野に埋めるな、黒潮の逆まく海の底に投げ捨てよ、というのである。

二首目の歌は、鯱《さかまた》（シャチ）は雄々しいものだ。その鯱になって、熊野浦に攻めてくる鯨《いさな》（寇《あだ》なすもの）を討ってやまない、というのである。昭和五年、斗南は、日本の敵をどのように仮想していたのであろうか。

「鯱《さかまた》か何かになつてアメリカの軍艦を喰べて了ふつもりであつたのである。」と、『斗南先生』の三造（敦）は言っている。

『斗南存稾《となんそんこう》』の羅振玉の序文には、また、次のようにある。

聞ク、君潔癖アリ。終身婦人ヲ近ヅケズ。遺命ニ、吾レ死スルノ後、速ヤカニ火化ヲ行ヒ骨灰ヲ太平洋ニ散ゼヨ。マサニ鬼雄《キユウ》トナツテ、異日兵ヲ以テ吾ガ国ニ臨ムモノアラバ、神風トナツテ之ヲ禦《フセ》グベシト。家人謹シンデ、ソノ言ニ遵《シタガ》フ。……

斗南の遺骨は、遺命の通りに、親戚の一人の手によって、汽船の上から、熊野灘に投じられた。

この遺稿集『斗南存稾』の巻末に跋《ばつ》がある。

資性皎潔《コウケツ》、矜持《キョウジ》甚ダ高ク、説ヲ卑シクシテ世ニ希フコトヲ肯《ガエン》ゼズ。狷介《ケンカイ》ニシテ善ク罵リ、人ヲ假《ユル》ス能ハズ。人マタ因ツテ之ヲ假スコトナシ。大抵視テ以テ狂トナス。遂ニ自ラ号シテ斗南狂夫トイフ。（原文は漢文）

お髯《ひげ》の伯父竦《しょう》は、兄のことを書いたのである。

同じ漢学の道に進んだ弟は、二歳年上の兄を、よく知っていた。

三男竦《しょう》（玉振《ぎょくしん》）は、群馬県玉《たま》村に開いた漢学塾「玉振学舎《ぎょくしんがくしゃ》」で、漢文を教えていた。

この玉振学舎は、森鷗外《もりおうがい》の小説『羽鳥千尋』のなかに出てくる。題名になっている羽《は》鳥《とり》千尋《ちひろ》は、実在の人物である。

明治四十三年（一九一〇）七月二十一日、群馬県滝川村大字板井《たきがわむらおおあざいたい》（現・佐波郡玉村町《さわぐんたまむらまち》板井）に住む二十二歳の青年、羽鳥千尋が、鷗外に手紙を送った。医者になるために、鷗外の家に書生に置いてほしいと懇願し、自分の生い立ちや志を書いた長文の手紙である。

鷗外は、すぐ返書を出した。

八月十九日、羽鳥千尋は上京し、その夜は鷗外の家に泊まっている。そして、鷗外の世話で役所の雇員《こいん》になり、雇員仲間と一緒に借家に住んで勉強していたが、結核性の脊椎の病におかされ、二十四歳で死んだ。

鷗外は、羽鳥千尋を惜しみ、「世間にはなんと云ふ不幸な人の多いことだらう」と惻隠、嘆息し、その思いをこめて、『羽鳥千尋《はとりちひろ》』を書いた。

羽鳥千尋も、この玉振学舎に学んだのである。

その『羽鳥千尋』の、鷗外に宛てた手紙の一節である。

私は八歳の時始《はじめ》て漢文の素読《そどく》を授《さず》けられた。当時玉村《たまむら》に父の義弟《ぎてい》で県会議長をしてゐた人が中心になつて組織《そしき》した晩翠吟社《ばんすいぎんしゃ》と云《い》ふ詩社《ししゃ》があつた。後《のち》には玉振学舎《ぎょくしんがくしゃ》と云ふ塾《じゅく》も出来た。そこへ埼玉県久喜《くき》の人で、中島蠔山《なかじまごうざん》と云ふ人が聘《へい》せられて来てゐた。長い髪《かみ》を麻《あさ》の紐《ひも》で結《むす》んでゐた。木食道人《もくじきどうじん》と云ふ渾名《あだな》があつた。私は学校から帰ると、すぐに本の包《つつみ》を抱《だ》いて中島さんの所へ走つた。私は十五歳までに、孝経《こうきょう》、四《し》書五経《しょごきょう》、文章規範《ぶんしょうきはん》、十八史略《じゅうはっしりゃく》、唐宋八家文《とうそうはっかぶん》と云ふ順序に読んだ。中学に這入《はい》つてから人の困る漢文が、私にはやさし過ぎた。

森鷗外『羽鳥千尋』

中島蠔山《なかじまごうざん》は、竦《しょう》（玉振）の別号である。

文中の「私」は、羽鳥千尋である。玉村に住む羽鳥千尋は、この竦から漢文を習った。

竦は、後年、東京紀尾井町《きおいちょう》の樹木が鬱蒼と繁る崖の上にあった善隣書院《ぜんりんしょいん》で、中国語の講義をした。善隣書院は、明治二十八年（一八九五）支那留学から帰国した宮島大八《みやじまだいはち》が自家の邸内に開いたものである。

竦の著書には、『書契淵源』『蒙古通志』『増訂亀田三先生伝実私記』がある。

敦は「お髯《ひげ》の伯父《おじ》さん」と呼んだ。竦の白いあごひげは、臍《へそ》のあたりまで垂れていた。

敦は『斗南先生』の中で、この伯父のことも書いている。


古代文字などを研究しながら、別にその研究の結果を世に問はうとするでもなく、東京の真中に居ながら、髪を牛若丸のやうに結ひ、二尺近くも白髯《はくぜん》を貯へて隠者のやうに暮してゐた。

こんな伯父たちを、敦は身近に見ていたのである。

この伯父も、生涯独身であった。昭和十五年（一九四〇）六月十一日死去した。七十九歳であった。敦、三十一歳の時である。

六男である敦の父田人《たびと》は、中学校（旧制）の漢文教師である。敦は、錚々《そうそう》たる漢学者に囲まれていた。まさに「父祖伝来の儒家に育った」のである。

田人の他の兄弟たちも、皆すぐれた才能を持ち、それぞれの道で活躍した人たちである。

四男若之助《わかのすけ》は、のち翊《たすく》と改め、関家を継いだ。

初め小学校の教師であったが、のちプロテスタント派の聖公会司祭となり、長く東京聖十字教会の牧師を務めて、信仰の生涯を貫いた。中島家は神道の家であるのに、キリスト教に入信したので、撫山から、勘当されていた。

翊は、人に対して温かく、分け隔てがなく、敦が最も尊敬していた伯父である。小学校しか出ていなかった、敦の妻タカを、中島の人たちのなかでただ一人、低く見るようなことはなかった。

昭和二十八年（一九五三）八月十八日に逝った。八十七歳であった。

五男開蔵《かいぞう》は、山本家を継いだ。

東京帝国大学造船科を卒業し、のち海軍造船中将になった。洗足《せんぞく》に家があった。敦の「洗足の伯父」である。昭和三十三年（一九五八）四月十八日、九十歳で逝った。

四女志津《しづ》は、検定で高等女学校の教師の資格を取り、朝鮮の京城《けいじょう》高等女学校、浦和《うらわ》高等女学校などで、国語を教えた。昭和三十三年八月二十日、八十七歳で死去した。

七男比多吉《ひたき》は、東京外国語学校の支那語科を卒業、中国で活躍し、旧満州国宮内府顧問官になった。

昭和十年（一九三五）四月、満州国皇帝溥儀《ふぎ》の来日に随行している。溥儀の通訳でもあった。

この時、田人は、比多吉を滞在先の帝国ホテルに訪ねると、比多吉は兄を部屋に迎え入れると、さっと下座に下がり、深々と頭を下げ、挨拶をした。

「兄上様、ただいま戻りました。」

田人の供をしていた、敦の妻タカの妹テイは、長幼の序をことのほか重んじる中島家の家風に驚いたと、後年、敦の長男桓《たけし》氏夫人の敏枝《としえ》さんに語っている。

比多吉は戦後引き揚げて、昭和二十三年（一九四八）十二月四日、喘息と結核を患って死去した。七十二歳であった。

中島家の人々に共通しているのは、酒も煙草も飲まないことである。中島家の法事などの集まりがあっても、酒を用意することはほとんどなく、ビール数本あっても、残るほどであった。

敦も同じく、酒も、煙草も飲むことはなかった。

五

折原澄子《おりはらすみこ》さんは、中島敦の十四歳年下の異母妹で、高等女学校の先生をされた方である。

若くして逝った兄敦を悲しみ、愛し、誇りとして、心に守り続けておられる。

以下も、私が澄子さんからお聞きしたものである。

澄子さんが、伯父さんや伯母さんや、年長の従兄姉たちから聞かれた話である。

離別されたチヨから、関の伯父翊《たすく》を通じて、田人に、敦に会わせてほしいと申し出たことがあった。

田人は、敦に言った。

「お母さんが会いたいと言っている。」

しかし、敦は断ったという。

「自分を捨てて行った人に会いたくない。」

と言って。

しかし、敦は一度だけ、チヨに会っている。

澄子さんが、田人の妹有楽《うら》の子で、澄子さんの従兄に当たり、敦の従兄でもある塚本《つかもと》盛彦《もりひこ》さんから聞いた話である。

盛彦さんは、明治三十六年（一九〇三）生まれで、敦より六歳年長である。

盛彦さんが十一歳、敦が五歳ぐらいの時だったという。

とすると、大正三年（一九一四）のことで、盛彦さんは小学校五年生、敦は小学校へ入学する二年前のことであったろう。

この年の二月十八日に、田人とチヨは、正式に協議離婚の届出をしている。この届出の前後のことであったようである。

田人伯父さんと敦と盛彦さんと三人で、上野駅へ行った。

改札口を出たところで待っていると、知らない小さなおばあさんが、ちょこちょこと出てきて、田人伯父さんと何かひそひそと話して、敦を連れていった。

盛彦さんは、田人伯父さんと二人だけで動物園へ入ったが、ちっともおもしろくなかったという。田人は、動物を見るどころではなかったであろう。心ここにあらざる伯父さんの時間つぶしに、いっしょに動物園を回っても、つまらない道理である。

動物園を一回りし、駅に戻って来ると、さっきのおばあさんが、敦を連れてきた。おばあさんは、田人伯父さんとなにか少し話して、敦を置いて帰っていった。

敦は、そのおばあさんが、だれだか、わからないようであった。

このおばあさんは、チヨの母きのである。

盛彦さんは、子ども心に、このことは人に話してはいけないことだと思って、長い間、誰にも言わなかった。

「いま思うと、チヨさんの、敦との最後の別れだったのだろう。」

盛彦さんが、澄子さんに話した。

盛彦さんも、記憶が曖昧になっていたが、小さいおばあさんがちょこちょこと出てきて、敦を連れていったのは、確かに覚えている。チヨらしい人を見たかどうかは、はっきりしない。

敦は、わけがわからないまま、きのに連れられて、チヨの待っているところへ行き、三人で昼食でもとったのであろう。二歳三ヵ月で別れて、もう三年も経っていた。すでに母の記憶がなくなっていた敦には、チヨが母であることはわからなかった。

チヨも、母であるとは、最後の別れになる幼い敦に言わなかったのであろう。きのが敦を田人に返す時、チヨは物陰にかくれて泣きながら見ていたのではないだろうか。

束の間の再会と、別れであった。

澄子さんは言われた。

「チヨさんが桜庭《さくらば》さんと再婚することに決めて、最後に一度、兄（敦）に会いたかったのではないでしょうか。」

チヨは、これが最後で、生涯もう敦に会うことはない、と思っていたのであろう。

敦は、後年、書いている。

「僕は生みの母の面影も知らなかつた。」

この時のことは、記憶に残っていなかったのである。

盛彦さんは、医者であった父と幼児のころに死別して、父親の記憶がなかった。有楽《うら》は、一人っ子の盛彦さんを苦労して育てた。

父親のいない盛彦さんを、中島家の人たちは、みんなでかわいがった。盛彦さんは、田人の家にもよく遊びに来ていた。

のちに盛彦さんは、ＮＨＫに入り、定年まで勤めた。

有楽は長寿で、百歳のお祝いをした。

澄子さんが、

「おめでとうございます。」

と、お祝いを言うと、

「長生きはあんまりいいものじゃないよ。」

有楽は答えた。

翌年、有楽は昭和五十六年（一九八一）三月二十四日に百一歳で他界した。

六

大正三年（一九一四）二月、田人は第二の妻紺家《こんか》カツを迎えた。田人、四十歳、カツ、二十七歳であった。

カツは、折原澄子さんの実母である。

カツは、奈良県丹波市《たんばいち》（現・天理市）の出身で、郡山《こおりやま》の実科女学校の裁縫教師であった。翌四年三月、敦は五歳になり、小学校入学が近づいたので、久喜の祖母きく、伯母ふみのもとから、郡山の父田人と第二の母である継母カツのもとに引き取られた。

大正五年（一九一六）四月、敦は奈良県郡山男子尋常小学校に入学する。当時の数え年でいえば、八歳で入学する、八《やっ》つ上がりである。

敦の小学校入学当時の写真がある。

絣《かすり》の着物に袴《はかま》を着け、黒い足袋《たび》に下駄を履いている。小太りで、身長のわりに頭部の大きいのが目立つ。右肩から左腰にかけて、横かけかばんを掛け、右手に帽子を持っている。どこか暗い表情である。

こういう姿で、小学校一年生の敦は、代官町の家から、豊臣秀吉の弟で大和大納言といわれた豊臣秀長が築いた郡山城跡の堀端の道を歩いて、学校へ通ったのであろう。学校の帰りは、継母の待つ家にはそんなに楽しいことがあるわけはなく、ぶらぶらと道草しながら帰る姿が想像される。

カツは、裁縫教師らしくしっかりした人で、敦を厳しくしつけた。

敦を庭の木に縛りつけることもあった。縛り付けた紐は、田人が解いた。敦は、頑固で、いじけて、なかなかカツの言うことを聞かなかった。

「母にとっては、兄は、やりにくい子どもだったようです。」

澄子さんは話された。

敦は、後年、第一高等学校以来の終生の友人、釘本久春《くぎもとひさはる》（東京帝国大学卒、文部省国語課長、東京外国語大学教授。一九〇八～一九六八）に、

「いじめられるのが辛いというばかりじゃない。むしろ、若いその母が、自分につらく当るのは、子どもながら、同情できたくらいだ。ただ自分をいじめるとき、その母が、ヒステリーで滅茶苦茶になるのを見るのが、とても辛かった。その人間喪失ぶりを見るのが、こたえた。」

と言っている。

敦は、子どもとは思えないこんな醒めた鋭い目で、興奮して敦を折檻する継母を見ていたのである。カツの手に負えないわけである。

敦は、小柄で、無口であったが、学業成績は、優秀であった。修身《しゅうしん》、読方《よみかた》、書方《かきかた》、算術《さんじゅつ》、唱歌《しょうか》、手工《しゅこう》、すべて甲である。

一年生四月の敦の身長は、一〇九・七センチメートル（三尺六寸二分）、体重は、一七・〇二五キログラム（四貫五四〇匁）であった、体格は、後年の敦には考えられない「強」になっている。

大正七年（一九一八）、田人は静岡県立浜松《はままつ》中学校に転任する。

一家は浜松に移り、七月、敦は浜松西尋常小学校の三年生に転入学した。

三年生の教室は、障子張りであった。

敦はこのころすでに眼鏡をかけ、いつも絣《かすり》の着物を着て、学校へ行った。ここでも優秀で、友達からは、神童と思われていた。

三年生になると、一年生の時の体格「強」とは大きく変わり、体が弱く、体操の時間は休んで教室にいることが多くなっている。その前年の二年生のころから、病弱の徴候が現れ始めたようである。

三年生の「通告表」がある。

「成績ガ優秀デスカラ最モ健全ナ御身体ノ御養成ガ肝要ト存ジマス　ソレデ当御休ミニハ学科ノスベテヲ打捨テ、御静養ナサル様希望イタシマス」

一学期末に担任教師が書いた「通信事項」である。

今年の夏休みには、勉強は一切しないで、静養するように、というのであった。

この浜松西尋常小学校にいた三年生から五年生の一学期まで、すべての教科の成績が「甲」であった。

三年生の時、敦は、優等賞のほかに、「同情に富む」という特別な賞状をもらっている。

賞状
同情に富む　　　　第三学年男ノ二
　　　　　　　　　　　中島　敦
平素克ク教訓ヲ守リ且ツ
頭書ノ事項誠ニ奇特ナリ
依テ之ヲ賞ス
　大正七年十二月一日
静岡県濱松西尋常小学校長　大賀辰太郎　印

敦は、ひねこびた子どもであったといわれ、自分でも認めているが、その繊細な感受性は、困っている友達などに対しては、同情し、助けようとしないではいられなかったのであろう。

母親の愛を知らないで育ちながら、小学校三年生の敦は、同情心が顕著で、奇特であった。賞されるような、どのような行為があったのかはわからないが、教師の目に、強い印象を与えるものがあった。

浜松には、田人の異母兄靖の長女婉《たわ》の長根一家がいた。長根家には、婉の子で、敦より少し年上の姉妹がおり、よく一緒に遊んだ。

私小説的作品である『狼疾記』のなかで、「小学校の四年の時だつたらうか。」と、敦自身であろう主人公三造が、受持ちの教師から恐怖を与えられ、「神経衰弱のやうになつて了つた」事件について書いている。

肺病やみのやうに痩せた・髪の長い・受持の教師が、或日何かの拍子で、地球の運命といふものに就いて話したことがあつた。如何にして地球が冷却し、人類が絶滅するか、我々の存在が如何に無意味であるかを、其の教師は、意地の悪い執拗さを以て繰返し繰返し、幼い三造達に説いたのだ。

太陽も冷えて、消えて、真暗な空間をただぐる〳〵と誰にも見られずに黒い冷《つめ》たい星共《ほしども》が廻つてゐるだけになつて了ふ。それを考へると彼は堪《(たま)》らなかつた。

夜、電車通を歩いてゐて、ひよいと此の恐怖が起つて来る。すると、今迄聞えてゐた電車の響も聞えなくなり、すれちがふ人波も目に入らなくなつて、じいんと静まり返つた世界の真中に、たつた一人でゐるやうな気がして来る。その時、彼の踏んでゐる大地は、何時《いつ》もの平らな地面ではなく、人々の死に絶えて了つた・冷え切つた円い遊星の表面なのだ。病弱な・ひねこびた・神経衰弱の・十一歳の少年は、「みんな亡びる、みんな冷える、みんな無意味だ」と考へながら、真実、恐ろしさに冷汗の出る思ひで、暫く其処に立停《たちどま》つて了ふ。

繊細な感受性を持った少年に、この恐怖は、耐え難いものであった。そして、それからの敦に、これが、生涯付きまとうのである。

敦の「狼疾」は、このころから始まっていた。

敦は、この『狼疾記』の巻頭に、『孟子』の章句を載せている。

養其一指、而失其肩背、而不知也、則為狼疾人也。

——孟子——

この「則為狼疾人也」を、「則《すなわ》ち狼疾《ろうしつ》の人と為《な》すなり」と読むか、「狼《もと》（戻）れる疾人《いしゃ》（医師）と為《な》さん」（金谷治《かなやおさむ》『孟子』朝日新聞社、小林勝人《こばやしかつんど》訳注『孟子』岩波文庫）と読むかによって、意味が違ってくる。

朱子《しゅし》（朱熹《しゅき》・一一三〇―一二〇〇）の『四書集註《ししょしっちゅう》』には、

狼善顧、疾則不レ能、故以為下失二肩背一之喩上。

とある。

狼は、よく後ろを振りかえるが、疾《やまい》にかかると、それができなくなり、そのために肩や背を失う喩《たと》えであるという。

「狼疾」は、狼の疾《やまい》であり、「狼疾の人」とは、疾《や》める狼のような、自分を反省することができない人だというのである。

しかし、『趙註《ちょうちゅう》』（趙岐《ちょうき》・？―二〇一の註）には、

謂下医養二人疾一。治二其一指一而不レ知二其肩背之有一レ疾。以至二於害一レ之。此為中狼藉乱不レ知レ治レ疾之人上也。

とある。

医は人の疾を養うものであるが、一本の指を治して、肩や背に疾《やまい》があることを知らないで、これを害《そこな》ってしまい、疾を治すことを知らないものは狼藉の医者（藪医者）であるというのである。

「狼疾」は狼藉であり、「疾人」は医者だといっている。

「狼疾人」は、朱子の解釈では、狼疾の病者であり、趙岐の解釈では狼《もと》（戻）れる医者のことになる。

小林勝人氏は、前掲の著書のなかで、朱子の説を「こじつけのきらいがある。」としている。

「狼疾人」は、「ロウシツ・ジン」か、「ロウ・シツジン」か、説は分かれるが、いずれにしても、このあとに出てくる、

「為二其養レ小以失一レ大也」

によって、小事にとらわれ、そのことによって、大事を失ってしまうことを指していることがわかる。

敦は、「狼疾の人」と読んだのであろう。

作品名は『狼疾記』であり、「狼疾人記」ではない。

である。

狼疾の人は、敦自身であった。

敦は烈しく狼疾を病みながら、その中から、『山月記』や『李陵』を生んでいったのである。

七

浜松での生活は二年間で終わり、田人は大正九年（一九二〇）九月、朝鮮京城龍山《りゅうざん》中学校に転任になり、一家三人は京城に転居した。後から、浜松で一緒だった長根家の人たちも京城（現・韓国ソウル）に来た。

敦は、京城龍山小学校に五年生の二学期に転入学する。

翌大正十年（一九二一）四月、敦は六年生になった。

この七月三日に、生母チヨが東京で死んだ。そのことを、敦は知る由もなかった。

チヨが、敦に会いたいと申し出、田人がそのことを敦に言うと、敦は、「会いたくない。」と言って断ったのは、いつのことであろうか。

浜松にいたころなら、敦が三年生か四年生の時である。頭がよくて、後年自分で言っているように、「神経質で、ひねこびた」少年であった敦には、チヨの申し出を拒否する意地があったのであろう。自分を棄てて行った母親を怨む気持ちも、芽生えていた。

田人が朝鮮に赴任する前に、母きくのいる埼玉県久喜の家に一度は帰っただろうから、その時とすると、敦の五年生の初めのころである。

あるいは、朝鮮にいた時であれば、夏休みに帰省した時のことであろうか。

チヨは関氏を通じて、田人一家の様子の一端を知っていたようである。

しかし、いずれにしても、敦は、小学校に入学する前に上野駅の近くで、誰だか分からないまま会って以来、物心がついてから、ついに母に会う日はなかった。

敦が生まれたのは、東京市四谷《よつや》區四谷箪笥《たんす》町五十九番地（現在の東京都新宿区三栄《さんえい》町《ちょう》十番地あたり）のチヨの実家、岡崎勝太郎の家である。

（父中島田人の本籍は、北海道空知《そらち》郡瀧川《たきがわ》町字一《あざいち》ノ阪番外地《さかばんがいち》。徴兵免れのための措置であった。のちに、本籍を、埼玉県南埼玉郡久喜《くき》町大字《おおあざ》久喜新《くきしん》四〇九の一に移したのは、昭和十年十月二十八日で、敦二十六歳の時である。）

岡崎一家は、やがて同じ区内の左門町《さもんちょう》三十八番地に転居している。

敦を手離した、きの、チヨの母娘二人は、家の二階に、北海道から出て来た桜庭進平《さくらばしんぺい》という一人の大学生を下宿させた。

「二階に若い男がいて、下に出戻りの女がいたんですから、いつとはなく、仲良くなったのでしょう。」

幸雄さんは微笑された。

大正三年（一九一四）、進平がこの家に入りこむ形で結婚した。チヨは二十九歳、進平は七つ年下で二十二歳であった。

翌四年（一九一五）四月九日、チヨは幸雄さんを生んだ。

そして、幸雄さん六歳の時に、この世を去った。


以下は、幸雄さんの記憶に残る母チヨの姿である。

チヨは病気がちだったので、家のなかでよく寝ていた。外へ連れて行ってもらった記憶はない。チヨにかかわる記憶は、すべて家のなかだけである。

チヨは神経質なところがあり、また病気がちだったからか、幸雄さんはよく叱られた。

ある時は、何をしたからか覚えていないが、ひどく叱られて、押入れに入れられた。

暗い押入れのなかで、泣きわめいたけれども、なかなか出してもらえなかった。

しかし、気分のいい時は、よく雑誌「赤い鳥」などを読んでくれた。「赤い鳥」は、鈴木三重吉《すずきみえきち》が大正七年（一九一八）に森鷗外《もりおうがい》、島崎藤村《しまざきとうそん》、芥川龍之介《あくたがわりゅうのすけ》らの賛同を得て創刊・主宰した児童文芸雑誌である。芸術性豊かな童話、童謡を掲載し、児童文学の発展に大きな功績を残した。

チヨは、小学校の教師をしていたこともあって、児童文芸には深い関心を持っていた。「赤い鳥」の発刊を知ると、いちはやく購入して読んでいた。

芥川龍之介の『蜘蛛《くも》の糸』（大正七年七月号）、『杜子春《とししゅん》』（大正九年七月号）や、有島武郎《ありしまたけお》の『一房《ひとふさ》の葡萄《ぶどう》』（大正九年八月号）などを、チヨは、幼い幸雄さんに読み聞かせたのであろうか。

西條八十《さいじょうやそ》の『かなりや』（大正七年十一月号）や、北原白秋《きたはらはくしゅう》の『あわて床屋』（大正八年四月号）、『ちんちん千鳥』（大正十年一月号）なども読んでくれたようである。

「赤い鳥」ではないが、小川未明《おがわみめい》の『金の輪』（大正八年二月「読売新聞」）、『牛女』（大正八年五月「おとぎの世界」）、『赤い蝋燭《ろうそく》と人魚』（大正十年二月「東京朝日新聞」）なども、チヨは読み聞かせたようであるが、幸雄さんの記憶はおぼろである。

新美南吉《にいみなんきち》の『ごん狐』が、「赤い鳥」に掲載されるのは、チヨの没後、昭和になってからのことである。

幸雄さんは、また、両親がよく夫婦喧嘩をするのを見ている。

チヨは進平に、何かにつけて文句を言い、進平が反発して、それが喧嘩のもとになった。

大学も卒業できずにやめてしまい、仕事も定まらず、意気地のないところのある年下の進平に、チヨはいらだつことが多かったようである。

また、腸結核を病んで寝ている日が多く、薬を飲み続けても一向に快方に向かわず、体の倦怠はどうしようもなく、憂鬱な日々だった。

別れた敦のことを思っても、心の晴れる日はなかった。

だから、よけいに頼りない進平に当たった。

幸雄さんは、話された。

「チヨは、あまりいい奥さんではなかったようです。中島でも、桜庭でも。」

いい奥さんになれない、チヨの悲しい人生があったのである。


庭先に、松葉牡丹《まつばぼたん》の花が咲き始めていた。

この年は、東京は七月に入ると、急に炎暑が厳しくなった。

四谷《よつや》區左門町《さもんちょう》三十八番地（現・新宿区）の家で、腸結核で永く病床にあったチヨは、容体が急変して、息を引き取った。享年三十五歳七ヵ月、数え年では三十七歳であった。

大正十年（一九二一）七月三日であった。

眼を閉じて物言わぬチヨの枕元に、チヨの母きのと、夫進平と、六歳になった幸雄さんが座っていた。進平は途方にくれ、きのはチヨにおおいかぶさって、呼びかけながら泣いていた。

幸雄さんは、わけもわからず泣きじゃくっていた。まだ小学校に入学していなかった。息を引き取る直前のことであった。チヨは、一瞬、ふりしぼるような声で、何か叫んだ。だれかの名を呼んだようであったが、それは幸雄さんの名ではなかった。母きのや夫進平を呼んだのでもなかった。

あれは、敦を呼んだのだと、幸雄さんが理解するのは後年のことである。

チヨは臨終の床で、敦の写真を抱いていた。

敦のどんな写真であったろうか。チヨと一緒に過ごした二歳三ヵ月までに撮った写真であったのだろうか。

盛彦さんによれば、チヨから、敦の写真がほしいという申し出があったというので、田人に頼まれて、敦を撮ったことがあった。田人は、その写真をチヨに送ったという。とすれば、盛彦さんの撮った敦の、チヨと別れたあとの写真であったのかもしれない。

チヨの抱いていた写真はどうしたのか、残っていない。きのが、棺の中へそっと入れてやったのであろう。

その夜、当時はほとんどそうであったように、チヨの遺体は座棺に入れられた。座棺に入れられる時、腰と膝を折り曲げ、胎児が母親の胎内にいる時のような姿になる。

二人の男に嫁し、それぞれの男の、二人の子どもを生んだ三十五歳のチヨの体は、腸結核で永い間病床にあって衰えていただろうけれども、しかし、まだ美しさは残っていたであろう。

幸雄さんが、

「かあちゃん、かあちゃん。」

と、棺に入れられる母にすがりつこうとして、泣き叫ぶので、親戚の女の人が抱きかかえて、外へ連れ出した。

連れ出されても、女の人の腕のなかで、身をもがいて、「ぎゃーぎゃー」泣いた。

幸雄さんの鮮明な記憶である。

その夜は晴れていて、左門町の夜空には、星がいっぱいであったが、幸雄さんの目にはそれは見えなかった。

チヨが前夫に引き渡した敦は、この時、十二歳で、父田人、継母カツとともに朝鮮京城市（現・韓国ソウル）にいた。龍山尋常小学校の六年生の、まもなく一学期が終わろうとしている時であった。

田人も敦も、チヨの死を知る由もなかった。

敦は、自分に、幸雄さんという弟がいることも、まったく知らなかった。死ぬまで知ることがなかった、

七月五日、チヨのささやかな葬式が執り行われた。

この日、東京は快晴で湿度が低くさわやかで、水のような涼風が吹いていた。

二歳の敦も、六歳の幸雄さんも、母にすがりつこうとして、泣きに泣いたのである。

この二人の子どもを残して、チヨはこの世を去った。

チヨが亡くなったあと、祖母きのと、父進平と、幸雄さんの三人の生活になった。

進平二十九歳、幸雄さん六歳である。

翌大正十一年（一九二二）四月、幸雄さんは四谷《よつや》第一尋常《じんじょう》小学校に入学した。母親のいない子どもであった。入学式には、祖母きのが付き添った。

一年生にとって、初めての国語の教科書は、『尋常小学国語読本《とくほん》　巻一《まきのいち》』で、「ハナ　ハト　マメ　マス　ミノ　カサ」から、始まっていた。

翌大正十二年（一九二三）四月、幸雄さんは二年生になった。

この年の九月一日午前十一時五十八分、関東大地震が起こった。

二学期の始業式を終えて、帰宅し、祖母きのと昼食を食べようとしていた時であった。突如、烈しい揺れが襲ってきた。きのは、幸雄さんを抱え、転げながら家の外に出た。きのの経験したことのない大きな地震であった。

マグニチュード七・九、死者・行方不明者十五万人に達する大災害となった。東京は阿鼻叫喚《あびきょうかん》の巷《ちまた》となった。

幸雄さんの家は倒壊しなかった。左門町のあたりは、火災をまぬかれた。しかし、余震に怯えて、幸雄さんたち一家は、三日間ぐらいは、家の外で寝た。近所の人たちも、みな外で夜を明かした。下町《したまち》の方は大火災になり、左門町からは、空が真っ赤になっているのが見えた。

進平は、震災のために勤め先もだめになり、仕事がなくなったので、東京をあきらめて、その年の暮れに、幸雄さんを連れて、北海道琴似《ことに》にいる兄を頼って行った。兄は、竹島姓になっていて、鉄道に勤めていた。

きのは、岡崎の親戚がいるので、一人、東京に残った。

きのは別れる時、幸雄さんに、一枚のチヨの写真を持たせた。幸雄さんは、お守りのように大事にした。

三十一歳の進平は、母親を失った小学校二年生の幸雄さんを連れて、上野駅から夜行列車に乗った。父と子二人の旅である。青森からは、青函連絡船で津軽海峡を渡った。

幸雄さんは、父に駅弁を買ってもらい、汽車のなかで何度か食べ、そして眠った。

長い旅のあと、父子は北海道琴似にたどり着いた。

しばらくして、進平は兄の世話で、札幌に出て、アルミ工場に勤めた。

翌年、進平は、つると再婚した。つるは、明治三十三年生まれで、進平より八歳年下である。

進平、つる、幸雄さんの三人家族になった。

幸雄さんは九歳、小学校三年生であった。

つるは、気の強い継母で、幸雄さんに対して厳しかった。幸雄さんは、黙って耐え続けた。幼い幸雄さんには、耐え続ける以外に、どうしようもなかった。

つるが来てから、桜庭家からは、チヨにかかわる話題は完全に消えた。

幸雄さんは、「かあちゃん。」と言うことはなかった。亡くなったかあちゃんのことは、言ってはならないことだと、子ども心に思った。

幸雄さんが祖母きのから、北海道に来る時に持たされたチヨの写真は、いつの間にかなくなり、いくら探しても、見つからなかった。

写真がなくなったことを、父にも継母にも言えるような雰囲気ではなかった。幸雄さんは、だれにも言わなかった。

幸雄さんには、母親の写真がない。

明治四十一年（一九〇八）、田人とチヨが結婚した時の、二人並んでいる写真が、『中島敦全集』（筑摩書房）に載っているが、

「この写真だけしか、母親の面影を偲ぶものはありません。」

幸雄さんの寂しい言葉であった。

進平は、つると再婚する時、チヨにかかわるものは、すべて、破棄し、整理していた。

進平は、やがて勤めていたアルミニウム工場を辞めて、明治生命の外交員になった。つるには、子どもが生まれなかった。桜庭家の子どもは、幸雄さん一人である。

幸雄さんは、そのあと、別れた祖母きのと一度だけ会っている。

小樽高等商業学校の学生であったころ、上京する機会があった。その時、きのを訪ねた。きのは一人で、荻窪の、日のあまり射さない狭い部屋で、ひっそりと暮らしていた。

八

敦は大正十一年（一九二二）三月、朝鮮京城《けいじょう》の龍山《りゅうざん》尋常小学校を卒業し、四月、朝鮮《ちょうせん》総督府《そうとくふ》立京城中学校（のちに、京城公立中学校になる）に入学する。

敦は、開校以来の秀才といわれた。

中学の四年間、同窓であった湯浅克衛《ゆあさかつえ》（作家）によれば、

成績順に組を編成したので、一番の敦は、いつも、一組のトップだった。二番が、二組のトップ、三番、三組の級長、四番が、四組の級長、五番が、四組の副、と逆に行って、八番が、一組の次席、九番が三席、と云う振りわけだから、成績次第ではどの組にふっ飛ばされるかわからない、われわれの運命であったが、敦だけは、いつも、イの一番で変ることがなかった。

という。

この一組の級長敦は、ラムネ壜の底のような、度の強い近視の眼鏡をかけ、うつむき加減に、いつも少し急いでいるように歩いていた。いたずらっぽい表情であったが、あまり明るくなかった。

敦は、学校の裏山に寝ころがって空を流れる雲を見上げたり、歩きながら、ヴェルレーヌやハイネなどの詩を口ずさんだりした。

当時の級友、山崎良幸《やまさきよしゆき》（一九一〇〜二〇〇三）は、

「私は彼からさぼるということを教わりました。」

と言っている。

「私も言われるままに授業をさぼり、学校の裏山に登り、さらに城壁を乗り越えて外に出たことがあります。一種壮快な感じがしたことを覚えております。」

自分自身でいう「何も知らない田舎者、真面目一方の無骨者」の山崎に、さぼることを教えたのだ。

敦の従姉婉《たわ》の次女で、敦より三歳年下の長根翠《ながねみどり》は、

「その頃少しぐれたのではないかと思われます。」

と回想している。

敦の行動に時々、奇妙なことがあった。運動をしている時、突然「ギャッー」と叫び声を出して、片目をチカチカさせて、いまにも泣きそうな顔をした。

山崎良幸《やまさきよしゆき》は、この様子が忘れられなかった。

「私にはどうしてもそれが彼の作品『山月記』の中の虎の表情と重なってしまいます。」

後年、彼はこう語っている。

田人とカツの間には、なかなか子どもができなかった。が、ようやく大正十二年（一九二三）三月十一日、京城の龍山《りゅうざん》で、カツは女児を出産した。

澄子さんである。敦より、十四歳年下の異母妹である。

結婚して十年目に、初めて子どもができたのである。

しかし、その喜びも束の間、出産から六日目の三月十六日、カツは産褥熱《さんじょくねつ》で死去した。

享年三十六であった。

カツは、熱心な仏教信者であった。

中島家は神道の家であったが、カツは生前、

「わたしが死んだら、仏教の葬式にして。」

と言っていた。

田人は、カツの気持ちを思いやって、葬儀は仏式にした。花輪がいくつも並ぶ盛大な葬儀であった。

敦は、京城中学一年を終わろうとしていた。同級生の杉原忠彦《すぎはらただひこ》にお悔やみを言われると、

「本当の母ではないんだ。」

至極平静に答えた。

カツの遺骨は、奈良の秋篠寺《あきしのでら》に近い、カツの弟の家の墓地に埋葬した。奈良はカツの故郷である。

澄子さんは生まれて六日間しか、母親と生を共にすることはなかった。母親の記憶は全くない。

まだ臍の緒がついていたぐらいの澄子さんを、初め百日ほどは、京城に来て近くに住んでいた長根婉《たわ》が世話をした。その後は、乳母が来て、面倒をみた。

澄子さんは、山羊の乳と、ラクトーゼという粉ミルクで育てられた。

カツが死去したので、田人一家の世話をするため、田人の妹志津《しづ》が京城に来て同居した。志津は、京城の私立淑明《しゅくめい》高等女学校の国語教師になった。

澄子さんは、志津を「大きい小母《おば》さん」、乳母を「小さい小母さん」と呼んだ。澄子さんの食い初《ぞ》めの時、田人は、澄子さんの写真に、自作の歌

いとほしさのいやまさるなり亡き妻のただ一つなる形見と思へば

を添えて、親戚に配った。

のち、澄子さんは成長して、共立女子専門学校を卒業し、戦前はしばらく白百合高等女学校の先生であった。折原一蔵《おりはらいちぞう》氏と結婚して、折原姓になった。戦後は埼玉県立久喜《くき》高等女学校の先生であった。

母親の記憶がない澄子さんは、

「自分が子どもを持って、初めて母親の愛を知りました。」

と述懐されるのであった。

澄子さんには、二人の子どもさんがある。ご子息折原一氏は作家、令嬢順子さんは新井工学博士夫人である。

カツが逝った翌大正十四年（一九二五）、田人は三人目の妻、飯尾《いいお》コウを迎える。

田人は五十歳、コウは明治二十二年(一八八九)六月二十九日生まれで、三十五歳であっ

た。コウは、大連《だいれん》幼稚園の先生をしていた。小説家・宇野浩二《うのこうじ》（一八九一―一九六一）の遠縁の人だという。

コウも再婚であった。

敦、中学三年生の時である。

敦は、『プウルの傍で』の中で、次のように書いている。

三造は彼を生んだ女を知らなかつた。第一の継母は、彼の小学校の終り頃に、生れたばかりの女の児を残して死んだ。十七になつたその年の春、第二の継母が彼のところに来た。はじめ三造はその女に対して、妙な不安と物珍しさとを感じてゐた。が、やがて、その女の大阪弁を、また、若く作つてゐるために、なほさら目立つ、その容貌の醜くさを〔烈しく〕憎みはじめた。そして、彼の父が、彼なぞにはつひぞ見せたこともない笑顔をその新しい母に向つて見せることのために、彼は同じく、その父をも蔑み憎んだ。

ある朝、父が、新しい母のこしらへたおみおつけを賞めるのを聞いて、三造は顔色を変へた。今まで、父はおみおつけなどを少しも好まなかつたことを三造は良く知つてゐた。彼は自分が恥づかしい目に逢つたやうに感じて、急に箸をおくと、お茶も飲まないで、鞄をさげて、外へ飛出した。もう家《うち》の奴なんかと口はきくまい、と彼は考へてゐた。家族と口をきいて、後で後悔か羞恥かを感じなかつたためしはない、と彼は思つた。

ある日、三造が妹と女中とで夕飯をたべてゐると、父と新しい母とが外から帰つてきた。彼等は一緒に何か物を見に行つて、帰りに飯もすませて来たといつた。それを聞きながら、彼は妙に気持がとがつて来るのを感じた。何故妹を連れて行つてやらないんだ、と、彼は妹を愛してゐなかつたにも係はらず、とつさにさう思つた。明かに嫉妬であると彼は〔自分でも〕気がつき、気がついただけ余計に腹が立つた。彼等はみやげだといつて蒲焼《かばやき》のをりを三造に与へた。それがまた理由もなく彼の気持に反発した。彼は苦《にが》い顔をして一口それを喰べた。それから、その残りを卓子の下にゐた猫に与へた。突然、父が黙つて立ち上がつた。そして咽喉を鳴らしながら喰べてゐる猫を蹴とばし、三造の着物の襟《えり》を左手でつかむと、右手で続けざまに彼の頭を三つ四つ殴つた。それから、はじめて、父は、怒りにふるへた声で、どもりながら叫んだ。

「何といふことをするんだ。折角、買つてきてやつたのに。」

三造は黙つてゐた。父はもう一度繰返した。息子《むすこ》はみにくく顔をゆがめながら強ひて笑つた。

「一度貰つた以上、それからはどう処分しようと、僕の勝手ぢやありませんか。」

激怒が再び彼の父を執《とら》へた。父は、その拳がいたくなる位、はげしく息子の頭を打つた。


三造は敦であろう。敦はこのように、第二の継母コウを烈しく憎み、そして自分の生母を捨て、次々と結婚する父を憎んだ。敦の鋭い感受性、潔癖が、この継母と父を許すことはできなかった。

コウは、大阪の藍《あい》問屋の裕福な家の娘であった。初め鴻池《こうのいけ》組の番頭をしていた人に嫁し、双子を生んだが、その二人の子を残して、離別された。コウは、二人の子に会いたいと旧夫に申し入れたが、許されなかった。

コウは、生涯、この二人の子と会うことはなかった。

この頃、敦は老いた黒猫を偏執的に愛していたことが、同じく『プウルの傍で』の中に書かれている。

中学四年生の彼は、偏執的に彼の黒猫を愛してゐた。彼は、彼の噛んだものを口移しに猫に与へるのであつた。一週間ばかり、その黒猫が失踪した時ほど、純粋な不安と絶望とに彼が陥つたのを、彼の家人達は見たことがなかつた。それは、もう老猫で、曾ては美しかつた真黒な毛も、うすよごれて艶を失つてゐた。それによく風邪をひいて、くしやみをしたり、洟《はな》を垂らしたりした。それ故、家の者は皆、彼女をひどく嫌つた。それがまた彼には、猫をいとほしく思はせる一つの理由になるのである。彼が学校から帰る時分には、黒猫はいつも犬のやうに門の所に出迎へて待つてゐた。彼が抱上げると、彼女は、寒天質の中に植物の種子を入れたやうな、草入水晶に似た瞳をむけて、甘えた声で訴へるのであつた。

彼の孤独を慰めるものは、この老猫しかいなかつたのであろうか。毎晩、猫を抱いて寝ていたから喘息になったのだと、近親者の中には思っているものもいた。

敦は、小鳥も愛した。

後年、飼っていたカナリヤが死んだ時は、湯殿の前の廊下に寝転んで、一人で泣いていた。

田人とコウが結婚した翌大正十四年三月、田人は朝鮮京城龍山中学校を退職し、十月、関東庁立大連《だいれん》第二中学校教諭となった。田人は、コウを伴って大連へ赴任した。

田人とコウの結婚で、志津は田人一家と同居できなくなり、学校の寮へ移っていたが、田人夫婦が大連へ行ったので、志津は、京城に残った敦としばらく同居していたが、すぐ別居した。

高等女学校の国語の教師をしていた志津も、敦も、ともに気が強く、二人はあまり気が合わなかった。

志津は一度、後妻として結婚したことがあったが、一日か二日で婚家を飛び出し、以後、独身であった。

澄子さんは、志津のことを、

「オールド・ミスとばかり思っていたけど、ほんのちょっとお嫁に行ったようですね。すぐ出てきたようです。」

と話された。

大正十五年一月、コウは大連で三つ子を出産した。

敬《たかし》、敏《さとし》、睦子《むつこ》で、敦の異母弟妹である。三つ子が生まれたというのでニュースになり、大連の新聞に載った。

しかし、この年の八月に、敬が生後七ヵ月で死に、十月に、敏が生後九ヵ月で死んだ。睦子は、四歳まで生きて死んだ。

睦子は利発で、三つ年上の澄子さんが、小学校の読本《とくほん》を読んでいると、そばで聞いていて、すぐ覚えてしまった。

睦子が死んだのは、昭和五年(一九三〇)三月九日である。

コウが、

「澄子と代わっていてくれたらよかったのに。」

と言って嘆くのを、七歳の澄子さんは、隣室で、寝たふりをしながら聞いた。

九

大正十五年(一九二六)三月、敦は、京城中学校四年終了、四月、第一高等学校(現在の東京大学教養学部)文科甲類に入学した。この年の十二月二十五日、大正天皇死去により、年号は大正から、昭和になった。

中学校は五年制であったが、優秀な者は、五年の卒業を待たずに四年終了で、高等学校を受験し入学できた。敦が、中学四年で第一高等学校に合格したので、地元の新聞「京城日報」に取り上げられた。

後年、小説『月山《がっさん》』を書いて芥川賞を受賞する森敦《もりあつし》（一九一二〜一九八九）は、京城の鐘路《しょうろ》小学校から、同じ京城中学校に入った、中島敦の後輩であった。この秀才の先輩のことが、強く印象に残った。

彼は、先輩敦に手紙を書き、自分の進むべき高校について意見を求めると、敦から親切な返事が来た。

のちに、中島敦より五年遅れて、昭和六年、森敦も第一高等学校に入学した。しかし、一年で退学している。

敦は、第一高等学校入学のために東京へ去った。

京城に残って中学五年になった級友の山崎良幸《やまさきよしゆき》が、彼の前途を祝い、「大臣か大政治家になるのを期待している」というような手紙を出したところ、「そのようなものは偉いとは思わず、またなろうとも思っていない」旨の長文の返事が来た。

山崎は言う。

「それは私の人生観を変えさせるようなもので、私の人生に対する価値観、考え方を根本的に覆すものだったと言えます。言ってみれば私は中島君によって自分の行き方を教わったのです。」

山崎にとって、中島敦の存在は決定的であった。

山崎は、京城帝国大学文学部に進み、国語学を専攻し、高知女子大学教授、文学博士になった。

東京帝国大学で敦と出会い、生涯の友人となった釘本久春《くぎもとひさはる》（一九〇八〜一九六八）も、「中島は、いうまでもなく俗物が大嫌いであった。また、立身出世欲は、こと文学者、芸術家に関しても、彼の最も軽蔑していたところである。」

と、敦の孤高の精神を見ていた。


第一高等学校は本郷の向ヶ岡《むこうがおか》にあった。

敦は、寮に入った。父田人からの仕送りで、学生生活に不自由はなかった。

翌昭和二年四月、寄宿舎明寮六番に入り、隣室の明寮七番の氷上英廣《ひかみひでひろ》（一九一一〜一九八六）を知り、生涯の友となった。氷上は、のち東大教授、武蔵大教授を歴任し、ニイチェ研究で知られる。

敦は、春頃、伊豆下田《しもだ》へ旅行した。

七月二十四日未明、芥川龍之介が三十五歳四ヵ月で、東京田端《たばた》の自宅で、ヴェロナール及びジャールの致死量を仰いで自殺した。

敦は、深い衝撃を受けた。

この年は、夏休みに、大連に帰省した時、湿性肋膜炎を患い、満鉄病院に入院した。そのため、一年間休学している。

休学している間、九州の別府や、千葉の保田《ほた》で療養したようであるが、実情は詳らかではない。

復学後は、寄宿寮を出て、伯父関翊《せきたすく》と縁のある、青山南町五丁目の弁護士、岡本武尚宅に寄寓する。昭和四年には、芝の同潤会アパートに移り、翌年、本郷區西片町《にしかた》一〇番地第一・三陽館に移った。

敦は、第一高等学校在学中に、何篇かの小説を書き、同校の「校友會雜誌」に発表している。

この雜誌は、第一高等学校の文芸部委員によって編集、運営されていた。創刊は明治二十三年（一八九〇）である。

敦は、同誌に、次の作品を発表している。

『下田の女』（第三百十三号・昭和二年十一月十七日発行）・・第一学年
『ある生活』『喧嘩』（第三百十九号・昭和三年十一月十七日発行）・・第二学年
『蕨・竹・老人』『巡査の居る風景―一九二三年の一つのスケッチ―』（第三百二十二号・昭和四年六月一日発行）・・第三学年
『D市七月叙景㈠』（第三百二十五号・昭和五年一月三十一日発行）・・第三学年

このなかの、『巡査の居る風景―一九二三年の一つのスケッチ―』と、その後の作である『虎狩』、『プウルの傍で』等は、朝鮮を舞台とした小説である。

敦の朝鮮での生活は、大正九年（一九二〇）九月、小学校五年の二学期から、大正十五年（一九二六）三月、中学四年終了までの、小学生として一年七ヵ月と、中学生としての四年間との、五年七ヵ月の間である。

この少年時代の朝鮮生活から生まれた作品のなかで、敦が見つめ、書こうとしていたものは、何であったろうか。

日本の植民地政策、朝鮮人への飽くなき蔑視、差別、そして卑屈になり、迎合しなければ生きていけない被征服民の悲哀を、敦は、まともに見据えていた。

もう一つは、敦が、多くの作品のなかで追求している「暴力」の問題である。

『巡査の居る風景』は、副題のとおり、一九二三年（大正十二年）の朝鮮における朝鮮人巡査・趙教英が見た「風景」を描いた作品である。朝鮮人の立場に立って、征服された朝鮮を、朝鮮人を、見ているのである。

ある夏の朝、趙教英は、出勤の途中、電車に乗る。

電車に乗ると、職業上、無料の彼は、いつものように運転手台に立っていた。そこへ登校の途中の中学生が乗り込んできて、運転手台に立っていて、中に入らない。

元来、立つべき所ではなし、運転の邪魔にもなるといふので、運転手は中学生に中にはひつてくれと言つたのだ。所が彼は傲然《ごうぜん》として運転手に喰つてかゝつた。

「オイ、其の人を。」と、中学生は其処《そこ》に立つて居た巡査の彼を指して、

「其の人を中へ入れないんなら、俺もいやだよ。」——（勿論、其の運転手も朝鮮人であるからなのだ。）——そして当惑した運転手と巡査との顔を面白さうに見比べながら其処に立続けたのであつた……

一人の中学生である少年が、相手が朝鮮人なら、運転手であろうが巡査であろうが、蔑視して、一向に言うことなど聞かないのである。

そして朝鮮人は、それをどうすることもできなかった。

趙教英が、「何故自分が自分であることを恥ぢねばならないのだ。」と痛切に思う出来事があった。

府会議員の選挙演説を監視するため、同じ署の高木という日本人の巡査と共に会場である或る幼稚園に出かけた。何人かの内地人候補の演説に次いで、たった一人の鮮人候補の演説が始まる。商業会議所の会頭もやったことのある、内地人の間にも相当人望のあるこの候補者は、巧みな日本語で自分の抱負を述べ立てていた時である。

一番前に居た聴衆の一人が立ち上つて、「黙れ、ヨボの癖に。」と怒鳴つたのだ。廿にもならぬ位の汚ないなりをした小僧であつた。高木巡査はいきなり、其奴の襟首をつかまへて場外に引ずり出して了つた。と、その時此候補は一段と声を高くして叫んだのだ。

――私は今、頗《すこぶ》る遺憾な言葉を聞きました。併しながら、私は私達も又光栄ある日本人であることを飽く迄信じて居るものであります。

すると忽《たちま》ち場の一隅から盛な拍手が起つて来たのだ。……

このことから、彼は、

もう一度日本といふ国を考へて見た。朝鮮といふ民族を考へて見た。自分といふものも考へて見た。

そして、――

自分で自分を目覚ますことが恐ろしいのだ。自分で自分を刺激することがこはかつたのだ。

――これは俺一人の問題ではない。俺達の民族は昔からこんな性質を持つやうに歴史的に訓練されて来て居るんだ――。

と、思うのである。

さらに、植民地教育を痛烈に批判する。

高等普通学校の校庭では、新しく内地から赴任した校長が、おごそかに従順の徳を説いて居た。(今迄居た内地の中学校で、彼が校規の一つとして、独立自尊の精神を説いたことを、幾分くすぐつたく思ひ浮べながら。)

植民地の生徒たちが、独立自尊の精神を持ったら、植民地政策が危うくなる。絶対に持たせてはならないことである。持たせなければならないのは、まさに、従順の徳である。

高等普通学校校長の厳かな講話の欺瞞を、敦は見逃さない。

敦自身にとっても、この作品を書いた昭和四年、二十歳の時点では、想像することもできなかったことであるが、この十二年後の昭和十六年、敦は、南洋庁国語編修書記となって南洋に赴くが、そこでも植民地教育の欺瞞と征服者の傲慢を見抜き、糾弾するのである。

淫売婦の場面がある。

淫売婦・金東蓮と、色の白い職人風の男が、温突《オンドル》の油紙の上に敷いた、薄い汚い蒲団の下に足をつっこんで話をしている。

男に聞かれて、金東蓮は、亭主が死んで身寄りがない、外に仕事がなければ仕方がないじゃないか、と言う。

亭主は、日本に行っていて、死んだと言う。


——ぢやあ、何かい。お前の亭主はその時日本に行つてたのか。

——あゝ、夏にね。何でも少し商売の用があるつて、友達と一緒に、それも、すぐ帰るつて東京へ行つたんだよ。そしたら、すぐ、あれだらう。そしてそれつきり帰つてこないんだよ。

——オイ、ぢやあ、何も知らないんだな。

——エ？　何を。

——お前の亭主は屹度《きっと》、……可哀さうに。

これは、明らかに、お前の亭主は、関東大震災の時に起こった朝鮮人虐殺事件によって殺されたのだと言っているのだ。

この数時間後、やっと夜の明けた灰色の鋪道を、東蓮は狂おしく駆け回っていた。


——みんな知つてるかい？

彼女は大声をあげて昨晩きいた話を人々に聞かせるのであつた。彼女の髪は乱れ、眼は血走り、それに此の寒さに寝衣一枚だつた。通行人はその姿に呆れかへつて彼女のまはりに集つて来た。

――それでね、奴等はみんなで、それを隠して居るんだよ。ほんとに奴等は。

巡査が来て、彼女を捕まえる。

彼女はその巡査に武者振りつくと、急に悲しさがこみ上げて来て、涙をポロ〳〵落しながら叫んだ。

――何だ、お前だつて、同じ朝鮮人のくせに、お前だつて、お前だつて……

そして、彼女は、刑務所に連れて行かれてしまう。

朝鮮人の淫売婦が、東京へ行った夫が関東大震災の直後、朝鮮人であるがゆえに日本人に虐殺され、日本人がそれを隠していることを知り、夜明けの鋪道を大声を上げて駆け回り、朝鮮人の巡査に捕まる悲劇が、描き出されている。征服された民族の悲惨な姿を、敦は凝視している。

「朝鮮人虐殺事件」とあからさまに書くことはできなかった。しかし、誰が読んでも、それを指していることは分かる。

朝鮮人虐殺事件の全貌は、いまだに明らかではないが、犠牲者は数百人とも、数千人ともいわれている。

敦のこの作品が、官憲の目、社会の目に触れたらどうなるか、当時の文芸部委員であった氷上英廣《ひかみひでひろ》は言う。


『校友会雑誌』に二つ短篇を載せたんです。あれは京城の中学を出てきたんで最初の京城のは巡査の話なんです。もう一つは非常に牧歌的な伊豆の話で、この伊豆のは毒消しで、前のが時代批判的な意味を持っているんです。それだけ出すと、いかにも左翼のように思われるから、もう一つ自分はこういう面があるんだということを組み合わせて出したわけです。ぼくらのときはそういう感じの時代でしたね。

(座談会「一高文藝部の回顧」・昭和四十九年)


このような警戒をしなければならない、大日本帝国の時代であった。

昭和五年（一九三〇）三月、第一高等学校を卒業し、四月、東京帝国大学文学部国文学科に入学した。

六月十三日、伯父端《たん》が死去した。「斗南先生」である。

この年、夏季休暇を中心にして、永井荷風、谷崎潤一郎の作品の殆んどを読んだ。翌年には、鷗外全集、子規全集、上田敏全集を読了した。

このような読書と共に、また、大学に入ってからの敦は、盛んに遊ぶようになる。社交ダンス、麻雀、将棋などに熱中する。

社交ダンスでは、当時、有名だった赤坂溜池のダンスホール「フロリダ」に通った。麻雀に熱中すると、やがて、妻タカと出会う麻雀荘に入り浸りになる。さらに、銀座の麻雀荘では、巨漢の力士・出羽ヶ嶽《でわがたけ》と卓を囲んだこともあった。

出羽ヶ嶽文治郎《ぶんじろう》は、身長二〇七センチメートル、体重は二〇〇キログラムを超えていた。明治三十五年生まれで、敦より七歳年上であった。

蔵王《ざおう》山麓の山形県南村山郡中川村大字永野（現・上山市《かみのやま》永野字堀切）出身。奉公に出ようとしたが、あまりの巨躯で、雇い手がなかった。大正二年、同郷出身の東京・青山脳病院長、齋藤紀一《さいとうきいち》（齋藤茂吉《さいとうもきち》の義父）が引き取り、青南《せいなん》小学校五年に編入させた。小学校卒業後は、青山学院中等部に通わせた。文治郎は成績がよく、級長もつとめ、医者を志した。しかし、出羽ノ海（元・常陸山《ひたちやま》）から勧誘されて、初めは嫌であったが、ついに学校を中退して、入門した。

立会いは遅いが、突っ張りと、左右から抱え込んでの小手投《こてな》げや、鯖折《さばお》りに威力があった。関脇まで上がり、「文《ぶん》ちゃん」と親しまれ、一場所に二人の横綱を破ったこともあり、大関、横綱昇進を期待されたが、足腰の負傷や、脊椎カリエスに苦しみ、ついに番付は幕尻にまで落ちた。年齢も体重も、自分の半分ほどの力士にも負け、同情を集める一方、嘲笑の的にもなった。

力士を廃業したあとは、江戸川区の小岩《こいわ》駅前で焼き鳥屋を開いていたが、昭和二十五年（一九五〇）の暮れに死去した。四十七歳であった。

齋藤茂吉（一八八二〜一九五三）の昭和六年の歌に、

わが家にかつて育《そだ》ちし出羽《でわ》ヶ嶽《たけ》の勝ちたる日こそ嬉しかりけれ

があり、昭和十年には、

番附もくだりくだりて弱くなりし出羽ヶ嶽見に来て黙《もだ》しけり

絶間《たえま》なく動悸《どうき》してわれは出羽ヶ嶽の相撲に負くるありさまを見つ
木偶《でく》の如くに負けてしまへば一息《ひといき》にいきどほろしとも今は思はず
一隊の小学児童が出羽ヶ嶽に声援《せいえん》すればわが涙出でて止《と》まらず

と、詠んでいる。

弱くなって、もろくも負けてしまう出羽ヶ嶽を、なお小学生たちが声援してくれた時、齋藤茂吉は泣いたのである。

この巨漢、長身の力士と、とりわけ小柄で身長一五九センチメートル、体重は出羽ヶ嶽の四分の一にも足りない四五キログラムの敦が、卓を囲み、勝負に夢中になっている珍妙な情景が想像される。二人は、それぞれ相手のことを、どのように思っていたのであろうか。

敦は、将棋に興味を持ち始めると、徹底して凝り、幕末の天才棋士、天野宗歩《あまのそうほ》の全棋譜を読破する。

一九三一年（昭和六年）の夏休みが終わったある日、釘本久春に会うと、

「アマノソウフ全集を読み通したよ。もうれつに、勉強した。ヤツは、えらいな。」

と言った。

釘本は、この将棋の天才の名を知らなかった。

宗歩は、文化十三年（一八一六）に江戸本郷菊坂《ほんごうきくざか》の生まれという。当時、世襲制であった名人にはなれなかったが、「実力十三段」「棋聖」と呼ばれた。『将棋精選』『将棋口伝』『将棋手鑑』の著書があり、将棋の駒の書体に「宗歩好《そうほごのみ》」がある。安政六年（一八五九）、四十三歳で没した。

敦の将棋の実力は、素人の域を超えていて、友人からは「名人」と言われていた。氷上英廣も、「敦は将棋が強かった。」と言っている。

しかし、吉田精一《よしだせいいち》（東京帝国大学国文科卒、東京大学教授、文学博士。一九〇八〜一九八四）によると、

「将棋は強く、といってもしろうとのヘボを出ないが、時々奇想天外の手を指した。」

と言う。

敦は、将棋で、伯父端《たん》（斗南《となん》）にいじめられた。


弱いもの相手にしていぢめるのを楽しむといつた風で、何時までたつても止めようとは云ひ出さないのであるから、之にも些か辟易せざるをえなかつた。

それで強くなった面もあったかもしれない。

十

昭和六年（一九三一）三月ごろ、敦は、橋本タカと知り合った。

タカは、郷里の愛知県碧海《へきかい》郡依佐美《よさみ》村字高棚新池《たかたなしんいけ》（現・安城《あんじょう》市）から、高等小学校を卒業して、十五歳で上京し、従兄の和田義次の船具問屋の手伝いをしていたが、新聞広告で応募して、麻雀荘に勤めていた。

敦と第一高等学校時代、同じ寮にいた友人伊庭一雄《いばかずお》の姉が、外交官の夫と死別して、芝の桜田本郷町（現・新橋一丁目）に開いていた麻雀荘である。伊庭一雄は、衆議院議長、逓信大臣、東京市議会議長等を歴任した政党政治家、星亨《ほしとおる》を暗殺した伊庭想太郎《いばそうたろう》の孫であった。

敦は、この麻雀荘に入り浸りであった。

二人は　ここで出会った。

タカは、明治四十二年（一九〇九）十一月十一日生まれで、敦と同い年であるが、敦より半年後に生まれている。敦は、この年の五月五日生まれである。

タカは、色白でぽっちゃりした、母性的で、だれに対しても親切で、やさしい女性であった。

敦は、やさしい母性的なタカに惹かれた。また、タカの身の上に対して、いとおしく、いじらしい思いもあったのであろう。

出会って一週間目ぐらいだった。

「結婚してくれ。」

敦は、いきなりタカを抱いて、言った。

しかし、タカは結婚する決心ができる状態ではなかった。

この麻雀荘に、タカのほかに、タカより年下の、色白で小柄な、清子という女性が勤めていた。「パン子」と呼ばれていた。タカは、敦とパン子の関係を知っていた。敦とパン子が、ベッドの上で抱き合っているのを見ていた。あとで、敦はタカに「パン子と絶交した。」と言った。

タカは、苦労をした人である。

父辰次郎《たつじろう》は、高棚新池で農業をしていた。祖父母の家は、新川《しんかわ》（現・碧南市《へきなんし》）にあった。

タカは小学校三年生の時、祖父母の面倒をみるために、両親のもとから離されて、新川の家にやられた。祖父母の世話をしながら、小学校へ通ったのである。

そのうち、結婚していた叔母が、夫と死別したので、辰次郎に頼まれて、祖父母の世話をするために帰ってきた。叔母は、芸者をしていたこともあり、タカには厳しかった。叔母の息子の和田義次は、小学校卒業後、東京へ奉公に出ていたが、奉公先をやめて、深川で船具問屋を始めた。

その手伝いのために、叔母に言われて、タカは上京した。

義次は一度結婚したが、すぐ別れて、独身であった。

義次の商売はうまくいかず、船具問屋はつぶれ、次に海草問屋を始めたが、これも失敗した。その間、タカは義次の手伝いをし続けていた。

義次の商売に見通しがつかないので、タカは自分で働くことになり、新聞広告を見て応募し、敦とめぐり合う麻雀荘に勤めたのである。

タカは、義次に付いて、一緒に武蔵小山《むさしこやま》や筑土八幡《つくどはちまん》で間借り生活をしていたが、義次はタカの体に指一本触れることはなかった、とタカは言っている。

しかし、義次は、タカとの結婚を考えていた。なによりも、義次の母は、二人を結婚させようと考えていた。

タカは義次に、叔母（義次の母）の世話をするように言われて、麻雀屋をやめて、愛知県の新川に帰った。義次に、敦との関係を感づかれて、敦と離されたのであろう。

九月三十日、十月一日の二日間をかけて、敦は問題を解決するために、氷上英廣《ひかみひでひろ》に同行してもらって、新川へ行った。

この時のことを、氷上は、『中島敦の回想から』のなかで、次のように書いている。

……これは豊橋の近くで、中島は問題を解決するというところまではゆかなかったが、ともかくそんなことで私を同伴してそこまで行ったのである。交渉の相手の人は不在で、ただ帰郷中の恋人に逢えただけだった。これは少なくとも私には不得要領な旅行であった。帰途わびしい田舎の駅の前で、静かな秋の日差の中に運送屋が縄を散らして仕事をしている。その傍を中島が思いあぐねたようにゆきつもどりつしていた姿が、今もなお私の脳裏にある。

わびしい田舎の駅前の情景、敦の姿が見えてくる文章である。

続けて、氷上は書く。

その恋人すなわち現在の未亡人は、いつか私に「山月記」の中の李徴は中島で、袁傪は氷上さんだと思っているといわれた。しかしそれはあたっていないと私は思っている。

これは氷上の謙遜である。

敦にとって、氷上は、袁傪《えんさん》にも勝る得難い友情の人であった。もう一人の釘本久春《くぎもとひさはる》と共に、敦は、稀有の友人に恵まれた。

新川に帰ったタカは、ここにいては、敦とのことが叔母にわかり、叱責され、間を裂かれるようになると思った。叔母の留守の日を見計らって家出し、名古屋へ行った。叔母には居所を隠して、家政婦協会で働いた。

敦にだけは、すぐに連絡した。

やがて、タカと敦との関係を知って、義次も、叔母も激怒した。

敦は、昭和六年九月十三日、和田義次宛に、「僕は生れてから、あの位、頭を低くした手紙（や言葉）は、書いたことがない。」という謝罪と懇願の手紙を書いている。

　たかに貴方を裏切らせた罪は何といたしましても深くお詫び申上げます……
　男一匹頭を下げてのお願ひでございます……
　たかが私の所へ来ることをお許し下さいまし……

しかし、義次は許さなかった。

義次は、タカの居所がわからないので、「内縁の妻」だといって、警察にタカの捜索願を出した。

敦はタカに、手紙を書いている。


いづれ、君の方へ、和田の兄さんが行くだらう。そして、おどしたり（刃物位持出すかもしれないな）、泣落したりしようとするだらう。

（昭和六年十一月十九日頃）


敦も、義次から、刃物をちらつかせながら脅されたことがあったのであろう。だから、「刃物位持出すかもしれないな」と書いたのだ。

この頃、敦の二歳年下で、敦と親しかった従妹の斐子《あやこ》が、

「タカさんにはすでに婚約者がいて、その人はヤクザめいた人だとか、敦が頭に包帯を巻いていた時、傷害の噂がありました。敦本人は、自動車事故のためと言っていたそうです。」

と言っている。

義次の母は、愛知県から埼玉県久喜の田人のところへ、羽織袴姿で乗り込んできた。その日のことを、当時八歳だった澄子さんは覚えている。

父や継母コウから、

「あっちへ行っていなさい。」

と言われて、大人たちの話を聞くことができなかったが、子ども心に、大変なことになっているのだなと思った。

田人は、解決のために三百円の金を払っている。義次の母は、受取証を書いた。

澄子さんは、父に、ピアノを買ってもらう約束になっていたが、

「急にお金がいるようになった。」

と言われて、買ってもらえなかった。

「今になって思えば、あの時、ピアノを買ってもらうお金が、そちらにまわったのでしょう。」

澄子さんの話である。

タカは心配して、泣きながら、敦に手紙を書いている。

敦様　母が参りましたでせうか　家を出る時久喜へ行くやうに申して居りました。たかはどうしたらよいのでせう、御わびの申上げ様も御座居ません。あなたが罪に成る様な事に成りましたら、たかは生きて居る事が出来ませぬ、心配で〱気が苦《（ママ）》るいそうで御座居ます、死んでおわび出来るものならたかは喜んで死にます。道ならぬ恋に苦しむのも前の世のきまりで御座居ませう。

敦様会ひとう御座居ます　死ぬ程会ひたく成りました。（昭和六年九月二十七日）

十才の歳から和田の母に育てられ。十六の時に東京に出で《ママ》丁度八年目で御座居ます、母は思知《ママ》らず　けだものと云つて怒つて居ります、無理もない事ですけれど。

（同）

和田兄さん、たかを随分今まで苦るしめて〱又々苦るしめ様として居るんですもの、鬼の様な心の人だと思ひます。

（昭和六年十一月十九日）

このような状況のなかで、二人の愛は深まっていった。

昭和六年（一九三一）、父田人は大連第二中学校を退職して帰国し、十月、東京市外駒沢《こまざわ》町上馬《かみうま》五四番地（現、世田谷区）の家で、敦と共に住んだ。

敦は、昭和七年八月、旅順の叔父比多吉《ひたき》を頼って、南満州、中国北部を旅行した。

昭和八年三月、東京帝国大学を卒業した。

朝日新聞社の採用試験を受けた。筆記試験には合格したが、身体検査で落とされた。

四月、横濱市中區にある私立横濱高等女学校（現・横浜学園）の教師となり、赴任した。当時の校主田沼勝之助《たぬまかつのすけ》は、田沼家に入籍する前は角田《かくだ》姓で、埼玉県加須《かぞ》の名家の出であり、敦の祖父中島撫山の門下生であった。その関係で、田人が田沼に頼んだのである。敦は、父が世話をしてくれることを嫌ったが、仕方がなかった。

吉田精一によれば、

「ひどい就職難の時代で、私立の女学校とは云え、直ぐ就職できたのは、儲けものであった。当時は小さな狭い学校だったようで、教員室で女の教員と時々お尻がぶつかるとかの話であった。」

と言う。

しかし、東京帝国大学を卒業した秀才が、どんなにか出世するだろうと思っていたのに、私立の女学校の先生になったことは、中島家の人たちにとって、やや期待はずれであった。

初任給六十円。国語、英語、歴史、地理の教科を担当した。

同じ年に、この学校の音楽教師になった女性がいた。

敦より一歳年下で、のちに歌手になり、『蘇州夜曲』『あゝモンテンルパの夜は更けて』などを歌う渡辺《わたなべ》はま子、本名・加藤濱子《かとうはまこ》である。

狭い教員室で、渡辺はま子とお尻がぶつかったことがあったのかもしれない。はま子は、在職二年余で昭和十年の秋に辞職している。（一九九九年十二月三十一日死去。享年八十九）

敦は、単身赴任して、横浜市中区長者町モンアパートに住んだ。

敦は、女学校に勤めながら、東京帝国大学大学院に入学した。研究テーマは「森鷗外の研究」であった。

敦が就職して一ヵ月もたたない四月二十八日、タカは、愛知県碧海郡依佐美村高棚新池の父の家で、長男桓《たけし》を出産した。

前年の夏休みに、敦が名古屋へ行き、タカと会い、宿屋に一泊した。その時、身ごもった子である。

敦は、妊娠中のタカに、手紙を書く。

　生れる児は、いゝ児にしてやらう。僕みたいに、母親を知らない児には、どんなことがあつても、しないよ。これだけは親父に、飽くまで云ふ積りだ。

敦はまた、タカに言う。

「自分の母がどんな人であつても、自分の母が恋しい。母がいたほうがよかつた。」

生まれてくる子を思い、母親を知らない子である自分が、どんなに母を恋しく思っているかを、タカにだけは話さずにいられなかったのである。

しかし、桓が生まれても、敦は金を送っただけで、新池へ行かなかった。

桓が生まれて六日目に、タカは敦に手紙を書く。

　今日　始めて筆を持ちます、ね、坊やは　とても可愛いゝお顔してゐます、今日で六日目ですけれど未だ何の変りもなく二人共丈夫ですわ、御安心下さいませ　お目ゝ《(ママ)》あなたによく似てお頭もあなたに似てゐます、坊やの籍のことが心配です、一日もお早くお父様にお願ひして下さいませね、只々そればつかり気掛でなりません。

しかし、敦は、妻子と共に住もうとしていない。

敦と一緒に暮らしたいと願いながら、愛知県の高棚新池に、子どもを抱えて、半年も待っているタカに、次のような手紙を出している。

手紙は見たが、修学旅行や遠足や学芸会やいろんなことが重なって忙しかったので、返事がおくれた。

東京へくること。勿論よい。が横浜はよさう。これからもまだ少し忙しいのがつゞくから、和夫さんにでも頼んで、渋谷でも新宿辺でも、何処でもいゝから、探して貰つてくれないか。とにかく横浜でさへなければいい《ママ》。から、探して貰つてくれないか。不精（ぶしやう）をしてすまないが、和夫君にさうして貰つてくれないか？

これは、タカが、十月四日に敦に出した手紙の、

私達あなたの処へ引越して行くのを、世田ヶ谷のお父様おゆるしになりますでせうか、

（中略）

あなたと同せいすることが出来なければ、横浜の郊外に間借りでもしておせんたくものや何かお手つだい出来たらいゝと思つてゐます

の、返事だと思われる。

和夫さんは、タカの弟である。

敦は、なぜ、妻子と同居しようとしなかったのか。

何を考えて、

「横浜はよさう。」

「とにかく横浜でさへなければいい。」

と言ったのであろうか。

上京してくる妻子の部屋を、なぜ自分で探してやろうとはしなかったのであろうか。

これは、父田人の許しがなかったからということであろうか。しかし、敦の心のなかに、別の問題があったとも考えられる。

敦は、同僚や生徒たちに、学生の時に結婚し、妻子があることを知られたくなかったのではないかとも考えられる。敦の一種の羞恥心であったのかもしれない。

田沼校主も、敦が妻帯者であることを知らなくて、縁談を持ってきた。

「私には、女房も子供も居ます。」

敦の返事を聞いて、唖然とした。

同僚の山口比男《やまぐちちかお》は、ある日の職員室の様子を書いている。


彼が妻帯者で、大きな子供迄ある、という事実が知れた時、職員室中の驚きは、滑稽の一語に尽きる。

「まあ、中島先生がパパさんですって！」

「へえ、あきれた！」

「どんないい奥さんでしょうね？」

敦は澄ました顔でつぶやいた。

「でも、俺は、一度も独身だと言った覚えはないよ。」


妻子がいることが同僚たちに知られても、敦は、妻子を呼び寄せて同居しようとはしていない。

子どもが生まれたのに、なお結婚を躊躇する理由が、敦の心のなかにあったようである。

ようやくタカが、子どもを抱いて上京したのは、十一月のことである。桓が生まれて、半年以上経っていた。

しかし、敦は、妻子と同居することはなかった。

タカは、弟和夫の世話で、杉並堀《すぎなみほり》の内《うち》に部屋を借りて落ち着いた。

敦は、ここへは一度来ただけであった。タカは、ここで一食五銭で済ますような生活をする。

二人の婚姻届が出されたのは、その年の十二月十一日。桓の籍は、十二月二十八日になってようやく入った。誕生から、まる八ヵ月後のことである。

父田人は、敦がまだ学生だということで、結婚には反対していた。また、タカが小学校しか出ていないということで、中島家の人たちの反対も強かった。

最後に田人は、「子どもができたのなら、しかたがない。」と言って、しぶしぶ認めた。

翌昭和九年（一九三四）、この年も、敦は横浜で単身生活を続け、タカは桓を抱えて、東京で母子二人の生活をしていた。

敦は、初めは横浜市中区長者《ちょうじゃ》町のモンアパートに住んだが、ほぼ一ヵ月ののち、中区山下町の同潤会《どうじゅんかい》アパートに移る。ここには約十ヵ月いた。次いで中区柏葉《かしわば》の市営柏葉アパートに移った。ここで、一年以上住んでいたが、あいかわらず妻子を連れて来ようとはしなかった。

敦は、五月には、横浜高等女学校の同僚と乙女峠に登り、八月には同僚と尾瀬、奥日光に遊んでいる。

この時、敦は、

たまきはるいのち愛しも山深き空の碧を眺めてあれば
熊の棲む尾瀬をよろしと燧岳《ひうちだけ》尾瀬沼の上に神《かん》さびせすも
しろ〲と白根葵の咲く沼辺岩魚《いわな》提げつゝわが帰りけり
いつしかに会津境も過ぎにけり山毛欅《ぶな》の木の間ゆ尾瀬沼青く

などの歌を詠んでいる。

敦、タカ、桓《たけし》の親子三人が、横濱市中區本郷《ほんごう》町の八畳、六畳、四畳半の三間、家賃二十円の借家で、一緒に暮らすようになったのは、昭和十年六月のことである。

それまで、タカは桓を抱えて、上京してからの一年七ヵ月の間、堀の内から、自由が丘、緑ヶ丘と自分で部屋を探して、母子で、転々と間借り生活をしていた。敦は、たまに来るだけであった。

タカは、敦は家庭愛が薄いのではないかと思うこともあった。このまま、結婚生活ができないのではないかという不安もあった。

桓が生まれて二年以上経って、ようやく、敦は妻子と一緒に暮らすことになったのである。

何故二年間も、妻子と共に暮らそうとはせず、上京しても、間借りをさせたままにしておいたのであろうか。

子どもが生まれて二年間も、父田人の許しが、得られなかったはずがない。田人は、それほど頑固な人ではなく、子どもができた時に認めている。

桓が生まれる前年の昭和七年一月に、名古屋で住み込みで働いているタカに宛てた手紙のなかで、敦は、次のように書いている。

たか。

手紙見た。お前の気持は、ほんとに嬉しいと思ふ。僕なんかには、もつたいない位な気がする。お前はまだ知らないんだ。僕が、どんな悪い人間かといふことを。僕は今迄全く、悪い人間だつた。(みんな僕の弱さから来て居ることだが)お前に話したこともあるけれど、話さないこともある。全く、僕には、お前の僕に対する愛が、もつたいないと思はれるんだ。それは、僕もお前を愛しては居た。けれど、愛して居ながら、やつぱり、お前にすまないことばかりして居たんだ。いづれ、お前に逢つてから、お前にみんな話して、詫をしよう。そして、その時、もし、お前が許してくれたら、僕達は結婚しよう。

敦は、自分のことを「悪い人間だつた。」と言う。

そして、

「お前に話したこともあるが、話さないこともある。」

「お前にすまないことばかりして居たんだ。」

「お前にみんな話して、詫をしよう。」

と言うのである。

タカに、どんな「すまないことばかりして居た」のか。

敦には、タカ以外の女性との関係があったようである。そのため、タカが桓を抱えて上京してきても、同居には踏み切れなかったのかもしれない。

敦より二歳下の従妹の斐子《あやこ》とも、互いに愛情を持っていた。斐子は、日本女子大学英文科に学んでいた。

伯父靖の長女婉《たわ》の次女翠《みどり》も、敦を慕っていた。敦より三歳下で、東京家政学院に通っていた。田人も、翠を敦の嫁として考えていたようである。翠は美人で、のち洋画家になった。

このような事情が、妻子との同居を、二年間躊躇させた一因であったとも考えられる。このような事情、あるいは心の整理に時間がかかったようであるが、ようやくにして親子三人の生活が実現した。

横浜での一家の生活は、平安で、敦は、家に居る時は、桓と遊び、狭い庭に草花を育てて愛した。

幸せな家庭生活であったが、しかし敦の喘息の症状は、年ごとにひどくなっていった。

タカは、家で、桓を抱えながら、赤ちゃん用の靴をつくる内職をして、薬代の一部を稼いだ。

十一

親子三人の生活が始まって二ヵ月後の昭和十年の八月、喘息の症状も良くなったので、敦は一人で、このひと夏を、横浜高等女学校で教えていた生徒、小宮山静の世話で、静岡県御殿場《ごてんば》で過ごした。

敦の滞在したのは、御殿場町二枚橋《にまいばし》（現・御殿場市二枚橋）の、当時、近在から「右大臣」と呼ばれていた旧家、勝又正平《かつまたしょうへい》宅の離れである。勝又家は、敷地が千坪以上ある農家で、敦の借りた部屋は、離れの八畳で、控えの間が付いていた。

敦はここで、原稿を書き、読書をしたが、夜は母屋の囲炉裏端で、当主と遅くまで話し込むこともあった。

八月八日には、ここから出発して、とうとう念願の富士山に登った。

九日に富士山から帰り、十日に、タカに手紙を書いている。

たうとう富士へ登つた。一昨日（八日）〔六合目〕昼から出かけて昨日帰つて来た。非常に楽な山だ。豚でも登れる訳だよ。僕の足なら上り六時間、下り二時間だね。下りは砂走りで、とても面白い。一里半ばかりの坂がみんな砂でざく〳〵してるんだ。一寸駈出《かけだ》すと、もうとまらない。女でも一跨ぎで一間位、どん〳〵とんで行くんだ。頂上ではお鉢廻りつていつてね、火口のまはりをまはるんだが、之が一時間半もかゝる。剣ヶ峰つていふ一番高い所へ行くと、流石に北の方の山がずうつと見渡せた。すぐ眼の前につゝ立つてゐるのが南アルプスの山々その後に木曽の山々。右の方に八ケ岳、その左にずつととほく北アルプスの槍から穂高から、一番とほくは此の間登つた白馬の方まで見える、すぐ眼の下には富士五湖の一つ〳〵ハツキリ光つて見えて、仲々よかつた。西洋人や支那人も大部登つてゐた。六つ七つの児も十人ほど見受けた。お前にだつて登れるよきつと、……

この夏は、富士山に登る体力があり、元気であった。この富士登山は、ずいぶん楽しかったようである。

また、勝又家へ出入りしている人と将棋を指したり、散歩で、一里ばかり離れた曹洞宗の青龍寺を訪れたりしている。

そしてなによりも、敦は、ここを紹介してくれた生徒、小宮山静と、よく会っていた。このころ作った、敦の歌がある。

せむすべをしらに富士嶺をろがみつ心極まり涙あふれ来
丘行けば富士ヶ嶺見えつする河野の朝を仰ぎて君と見し山
するが野の八月の朝はつゆしげみ君がす足はぬれにけるかも

この「君」は、静であろう。

朝、静と二人で、駿河野《するがの》の丘を歩いて富士ヶ嶺《ふじがね》を仰いだ。静の素足は朝露に濡れたのであった。

敦は、どうしていいのかわからず、富士山を拝みながら泣いた。

敦は、御殿場から帰った時は、タカと、十日間も口をきかなかった。

二年後、「手帳」に、詩の断片を書いている。

〈別るゝと　かねて知りせば
なかく〵に　遇はざらましを〉

駿河野の　八月の朝は
女郎花《おみなえし》　露重げなり

花かざし　ふりさけ見れば
富士ヶ嶺も　間近かりけり

街道に　未だ人なく
繭の香の、はつかに洩れつ
手を曳きて、繭の市場の
裏とほり　帰りきしかな

〔かねて知る　別れなれども
すべなしや　なみだ流るゝ〕
…………

これも、静を思っての嘆きであろう。

翌昭和十一年（一九三六）三月、学校の春休みに約一週間、小笠原へ旅行した。

『小笠原紀行』と題する百首の短歌を作っている。そのなかの数首を挙げる。

信天翁《あほうどり》大き弧を画《か》きとび来りまた飛びて去る夕雲とほく
兄島を榜《こ》ぎ回《た》み行けばちゝのみの父島見えつ朝明《あさけ》の海に
通信簿人に見せじと争ひつゝ子ら出できたるタマナの蔭ゆ
奥村のパパイヤの蔭に帰化人の家青く塗り甘蔗植ゑたり
章魚木《たこのき》にのぼる童の眼は碧く鳶《(とび)》色肌の生毛《うぶげ》日に照る
小笠原支庁の庭に椰子伸びて島の役所の事無げに見ゆ
みんなみの島の理髪店《とこや》の昼永くうつら〳〵とひげ剃らせけり
夕坂を籠《こ》をもつ翁のぼり来て内地の人かと慇懃《いんぎん》に問ふ
波の音夕べ淋しき島根にも料理屋ありて女化粧《けわい》す

「榜《こ》ぎ回《た》み行けば」と高市 連黒人《たけちのむらじくろひと》ばりの万葉調の歌を詠み、通信簿を人に見せまいと争いながらタマナの蔭から出てくる子ども、内地の人かと慇懃《いんぎん》に問う籠をもつ翁、淋しい島の料理屋に夕方になって化粧する女を、豊かな感性で見つめている。庭に椰子の木が高く伸びて何事もない静かな島の役所を見て、ブラウニングの詩句「すべて世は事も無し」（『春の朝』上田敏・訳）を思い出していたのであろう。島の理髪店でうつらうつらとひげを剃らせている春昼、いかにも南国である。

昭和十一年四月二十五日、敦の第三の母コウが直腸癌で死んだ。コウは、明治二十二年（一八八九）生まれで、享年四十六であった。

コウもまた、幸せ薄い女性であった。

先夫のもとに双子の二児を残して、田人と再婚し、三つ子を産んだが、三人とも死んだ。田人との間には夫婦喧嘩が絶えず、挙句の果てに、別れる、別れないの話になる。夫婦喧嘩はすさまじく、食事中、ののしり合って茶碗を投げ合うこともあった。田人が投げ、コウも投げた。

離婚して、この家を出る考えなどまったくないコウは、

「わたしをこの家から出すなら、金をよこせ。」

と怒鳴った。

コウには浪費癖があり、多額の借金を残した。この借金は、のちに田人と敦が苦労して返済するのである。

コウはまた、敦や澄子さんにつらく当たり、タカのことを、「何処の馬の骨だか。」と言って、軽蔑した。

敦に対しても、

「どうせ、あなたの奥さんの場合には、戸籍謄本なぞ、とる必要はなさそうだから。」

と嫌みを言い、「野合の夫婦」と嘲った。

幼い桓《たけし》まで、いじめられた。

しかし、澄子さんには、時には、宇野浩二の親戚だということで、宇野浩二の書いた童話の本をくれたり、歌舞伎を観に連れていってくれたりしたこともあった。

コウが死んだ時、悲しんだのは田人ひとりであった。

田人は、女房運の悪い人であった。

三人の妻と結婚し、最初の妻とは離別、後の二人の妻とは死別した。三人の妻もまた、それぞれに幸薄い女性たちであった。

コウの死後、

「もう絶対、結婚しないで。」

澄子さんは、田人に言った。

田人に、四人目の妻が来ることはなかった。

十二

昭和九年（一九三四）に書き上げられたと考えられる『虎狩』は、「中央公論」の「原稿募集」（昭和九年四月三十日締切）に応募したが、「佳作」であった。

敦は、氷上英廣宛の書簡で、

虎狩、又してもだめなり。（七月十七日）

と、落胆している。

この『虎狩』も、敦の朝鮮生活から生まれたものである。

小学校五年生の時からの友達であった朝鮮人の趙大煥に連れられて、虎狩りに行くのである。趙大煥は、のちに中学四年にならない前に、姿を消してしまうのであるが。

虎狩りの二年ほど後の出来事であるが、趙が日本人の上級生に烈しく殴られたことがあった。敦は、その事件を、先に書いている。

中学校で、発火演習が行われ、漢江の岸の路梁津《ろりょうしん》で天幕《テント》を張り、露営をする。

その夜、みんながよく眠っていたが、「私」は、天幕の外で、平手打ちの音、さらにまた烈しく身体を突いたような鋭い音を二、三度聞く。

やがて二、三人の立ち去る気配がしたあと、しいんとした静けさに戻った時、外へ出て見ると、趙はしゃがんでいる。傍らへ行って、「Nか？」と訊ねた。Nというのは、五年生の名前だ。趙は、しばらくして、突然、ワッという声を立てて身体を砂の上に投げ出すと、背中をふるわせながら、おう〳〵と声を上げて赤ん坊のように泣き始めた。彼を扶《たす》け起こそうとしたが、なかなか起きなかった。やっと抱き起こして、他の天幕の歩哨たちに見られたくない心遣いから、彼を引っ張って川の近くへ連れて行った。

趙は手袋をはめた両手をだらりと垂らして下を向いて歩いて行つたが、その時、ポツンと――やはり顔を俯《ふ》せたままで、こんなことを言出した。彼はまだ泣いてゐたので、その声も嗚咽《おえつ》のために時々とぎれるのであつたが。彼は言つた。あたかも私を咎めるやうな調子で。

――どういふことなんだらうなあ。一体、強いとか、弱いとか、いふことは。――

言葉があまり簡単なため、彼の言はうとしてゐることがハッキリ解らなかつたが、その調子が私を打つた。ふだんの彼らしい所は微塵《みじん》も出てゐなかつた。

——俺はね、（と、そこで一度彼は子供のやうに泣きじやくつて）俺はね、あんな奴等に殴られたつて、殴られることなんか負けたとは思ひやしないんだよ。ほんたうに。それなのに、やつぱり（ここでもう一度すすり上げて）やつぱり俺はくやしいんだ。それで、くやしいくせに向つて行けないんだ。怖《こは》くつて向つて行けないんだ。——

こゝ迄言つて言葉を切つた時、私は、ここで彼がもう一度大声で泣出すのではないかと思つた。それ程声の調子が迫つてゐた。

二人は、氷の塊がいくつか漂っている漢江の本流の岸まできた。

もう、ここ一週間の中にはすつかり氷結して了ふだらう、などと考へながら水面を眺めてゐた私は、その時、ひよいと彼の先刻《さつき》言つた言葉を思ひ出し、その隠れた意味を発見したやうに思つて、愕然とした。「強いとか弱いとかつて、一体どういふことだらうなあ」といふ趙の言葉は——と、その時私はハツと気が付いたやうに思つた——たゞ現在の彼一個の場合についての感慨ばかりではないのではなからうか、と其の時、私はさう思つたのだ。

「私を咎めるやうな調子で」というのは、明らかに、「私」が日本人だからである。「隠れた意味」とは、まさに、征服者と被征服者の関係でなくて何であろう。

趙の、自分は朝鮮人であり、日本人から殴られても反抗できない悔しさ、弱い民族が、強い民族の暴力の前に、為す術がない現実に、「私」は気づいて、愕然としたのである。

趙の言葉は、「彼一個の場合についての感慨ばかりではない」のであった。征服された朝鮮民族全体の悲劇に、気づいたのである。

昭和四年（一九二九）六月、第一高等学校の「校友会雑誌」に発表した、『巡査の居る風景――一九二三年のスケッチ』でも、敦は、この問題を追求する。

強いものの暴力に踏みにじられる、弱いものの慟哭を、敦は、聞いたのである。

『虎狩』は、始めにこの暴力事件を取り上げて、そのあとに、二年前にさかのぼって、今度は、ようやくほんとうの虎狩りの場面を書く。

その中で、趙の意外な一面をあぶり出している。

趙の父親は、昔からの家柄の紳士で、韓国時代には相当な官吏だったようだ。いまも両班《ヤンバン》で、経済的に豊かである。（両班は、高麗朝、李朝の朝鮮で、文官・武官の総称、特権的な支配層。）

趙に誘われて、その父親の虎狩りについていく。

松の大木の枝の上に、棒や板や蓆《むしろ》などで桟敷をこしらえて、そこで虎が現れるのを待った。

勢子《せこ》たちは犬を連れて、林の奥へ行った。

二時間待っても、三時間待っても、虎が出てこないので、ウトウトしていた。

鋭い恐怖の叫びに耳を貫かれて、ハッと我にかえった時、下を見ると、虎が雪の上に腰を低くして立っていて、それから三、四間の間をおいて、一人の勢子らしい男が、銃を放り出し、両手を後ろにつき、足を前に出したまま倒れて、放心したように虎の方を見据えている。その時、烈しい銃声が起こり、虎は、大きく口をあけて吼《たけ》りながら後肢で一寸立ち上がったが、直ぐに、どうと倒れた。

私たちは、木から下りて行った。虎は、死んでいた。

私を驚かせたのはその時の趙大煥の態度だつた。彼は、その気を失つて倒れてゐる男の所へ来ると、足で荒々しく其の身体を蹴返して見ながら私に言ふのだ。

――チヨツ！　怪我もしてゐない。――

それが決して冗談を言つてゐるのではなく、いかにも此の男の無事なのを口惜しがる、つまり自分が前から期待してゐたやうな惨劇の犠牲者にならなかつたことを憤つてゐるやうに響くのだ。そして側で見てゐる彼の父親も、息子がその勢子を足でなぶるのを止《と》めようともしない。ふと私は、彼等の中を流れてゐる此の地の豪族の血を見たやうに思つた。

趙大煥は、朝鮮人であるがゆえに、日本人の上級生から烈しい制裁を受け、それに反抗もできなかった。

しかし、趙は、朝鮮人の社会では、支配階級であり、勢子たちは、支配される階級である。支配する者にとって、支配される者たちが惨劇の犠牲になるのを見るのは、おもしろいことなのだ。

被害者は、加害者になる。

自分より弱いものがいると、たちまち虐待者になる。人間の本質である。

趙を通して、敦は、それを剔抉《てっけつ》している。

中学四年にならない前に、突然、趙は姿を消す。

それから、彼とは会うことはなかった。が、十五、六年後、偶然、東京の本郷通りで、一人の男に出会う。見覚えがある。向こうも、気がつく。二人で歩きながら、本郷三丁目の停留所まできた時、趙だと気づく。心からの喜びで、彼の肩をたたこうとした時、滞留所に停まった電車を見て、走って行ってしまった。趙大煥としての一言をも交わさないで。……

これが、『虎狩』の結末である。

『プウルの傍で』は、制作年代は不明であるが、昭和九年（一九三四）ころの作と考えられる。

自己の内面を見つめ、その成長のあとを辿った作品である。

中学校の修学旅行のこと。ハーモニカを吹くことを覚えたこと。自分を生んだ女を知らなかったこと。第一の継母、第二の継母、そして父を蔑み、憎んだこと。黒猫を偏愛したこと。春画を見たこと。不自然な性行為を覚えたこと。初めて、暗い露地の、朝鮮人の売春婦が立つ家に入り、同床しないで、『ポオルとヴィルヂニイ』を読んでいたこと。……そして、最後に、上級生の暴力を受ける事件を書いている。

売春宿へ行ってから三日ばかり経った日の昼休みに、二人の五年生が三造を無理に裏山に連れて行く。当時の中学校は五年制で、彼らは最上級生である。

「学校ができるかと思つて、あまり生意気な真似をするな。」と、五年生の一人が彼に言つた。他の一人は何も言はなかつた。三造も何も弁解しなかつた。彼は明らかに恐怖に襲はれてゐた。たかが殴られるだけのことぢやないか、と、さう思つて、強ひて、気を落着けようとした。にも拘らず、自然に動悸が高まり、顔色が蒼くなつてくるのを、彼は感じた。

一人が、「眼鏡《めがね》を取れ。」と言った。

彼はひどく脅やかされてゐたにも拘らず、いはれた通りに眼鏡をとるのは、意気地がないと感じてゐた。さうして黙つて、〔二人の上級生〕を睨みつゞけた。突然、一人の手が伸びて、彼の眼鏡のつるを掴んだ。それを防がうとした三造は、その瞬間、右の頬をしたたか平手で叩かれて、眼鏡を落した。カッとなつた彼は、夢中で彼等にとびかかつて行つた。忽ち彼は草の上に投出された。起上らうとする所を、二人がのしかかつて来て、目茶苦茶に殴つた。

彼らが帰って行ったあと、三造は、草の上に倒れたまま、しばらくじっとしていた。

彼は泣いていた。俺は、意気地のない男だ、と考える。

ふと、自分が、何か、神通力でも得て、散々に今の二人を苛める場面を、彼は頭の中で空想して見た。その空想の中で、彼は孫悟空のやうに色々な妖術をつかつて、さ、ん、ざ、ん、に彼等を悩ますのであつた。空想はしばらく続いた。それから覚めると、また新しい憤りが湧いて来た。腕力がない、といふことが、現在の彼にとつて如何に致命的なことであるか、を、彼は考へて見た。その前には、学校の成績の如きものは、何等の価値もないのであつた。それは、どうにも口惜しいことであつた。しかも、それは彼にとつて、どうにもならないことであつた。

はげしい草いきれと、土の匂の中に顔を押付けたまま、彼は長い間、泣いた。

……

腕力がないということ、弱いということとは、致命的なのだ。どんなに無念であっても、必死に反抗しても、腕力がなければ、暴力に屈してしまう。征服されるのである。

『巡査の居る風景――一九二三年のスケッチ』

『虎狩』

『プウルの傍で』

これらの朝鮮三部作を通じて、強いものと弱い者、征服するものとされるものの姿、その運命を、敦は見ていた。

弱いものにできるのは、神通力や、孫悟空のような妖術を空想することしかなかった。この強いものに対する、弱いものの生きる姿を求めて、やがて『悟浄歎異』に続くのである。


この年、昭和十一年（一九三六）の春ごろからしいが、敦は、三好四郎《みよししろう》の紹介で、作家、深田久彌《ふかだきゅうや》を訪れるようになる。

三好は、深田久彌と鎌倉の同じ町内に住み、大佛次郎《おさらぎじろう》が世話をしていた写真同好会・写友会に共に入っていた。

三好は、京城中学で、敦の一年後輩である。九州帝国大学を卒業して、横浜にある私立浅野《あさの》学園に勤めていた。

ある日、同じ浅野学園に勤める、同僚の東京帝国大学出身の釘本久春《くぎもとひさはる》が電話で、「敦、敦」と言っているのを聞いて、もしやと思って尋ねると、先輩の中島敦であった。三好は、秀才中島敦の名前はよく知っていた。

三好は、釘本に連れられて、横浜高等女学校近くの喫茶店で、敦に再会した。

釘本は、三好が深田久彌と知り合いであることを聞き、敦に、三好に紹介してもらって、書きためていた原稿を深田久彌に見てもらうように、強く勧めた。

その勧めにより、三好が同道して、敦は初めて深田久彌宅を訪問した。

それから、敦は、しばしば作品を持って深田宅を訪ねることになる。

深田久彌の思い出である。


　中島敦君は訪問ごとに、作品を携えてきた。ほとんど一字の消しも添えもない、清潔な原稿であった。その文字も美しく、私に鷗外の字を連想させた。


敦は、ほとんど土曜日ごとに、原稿を携えて深田久彌を訪問するのであった。

深田久彌は、敦が生前訪れた、ただ一人の作家である。

十三

「中島敦先生」は、横浜高等女学校で、同僚や女生徒に人気があった。敦の話は面白く、ユーモアがあり、教室では明晰な声で文章を朗読し、女生徒たちはそれに聞き入った。板書の字は大きく整っていた。

敦のいたずらっぽい、ユーモアのある一面を、同僚の山口比男《やまぐちちかお》が書いている。

春の一日、生物のH女史が美事な熊谷草《くまがいそう》を一輪持参した。あの特有な暗紫色の斑点のある偉大な花袋が、H女史の発達した胸の前に、ぶらりと重そうに揺れている。

「それ、何の花です。」敦が尋ねる。

「熊谷草ですよ。生徒が保土谷《ほどがや》の山で採集してきたんです。」

「ふーん。」と感心した様な声を発して、敦の鋭い注視が続くと、彼は私の耳許に口を寄せて言った。

「熊谷直実《くまがいなおざね》のキンタマみたいだね。」

私はH女史と熊谷草を見比べて、おかしさを怺えるのに苦労した。

女生徒の金子いく子と内田ヤスヱは、敦先生の特別ファンであった。

敦先生の時間になると、教卓に真紅のビロードのような花びらのバラを飾った。

次の時間の教卓には、もう花はなかった。花は、敦先生だけのものであった。

生徒の鈴木美江子は、敦の原稿の清書を手伝ったり、敦と二人で、映画を観に行ったりしている。

卒業式の二、三日前の寒い日、オデオン座で映画を観た時、「先生は私の手が冷たいとずっと暖めて下さいました。」という。

のちに、美江子は、敦からもらった手紙を、中島敦全集編纂の時、収載の依頼があったが、奥様（タカ）に悪いと思って、出さなかった。

「先生のお便りは、このまま私の胸にしまいこんであの世に持って行こうと思っています。私など及びもつかない愛情を貫かれた奥様ですから、それぐらいは許して下さるのではないでしょうか。」

美江子には、胸にしまい込んであの世へ持って行こうと思う敦との思い出があった。

昭和十年の夏、敦に御殿場を紹介し、滞在するように尽力した小宮山静も、中島敦先生を慕い、敦も、静を愛していた。

敦は、静の写真をアルバムに貼り、手紙も大切に持っていた。

長女正子が生まれて、すぐ死亡した時、静が尋ねて来たことがあった。

タカが玄関に出たところ、静は何も言わずに逃げ出すように帰っていった。

敦が、入院する間際の病床で、

「シズ、シズ」

と、うわ言を言うのを、タカは聞いた。

敦は、家にいる時は悶々としていることが多かったが、学校へ行って少女たちに会えるのが慰めになっていた。

斐子《あやこ》は、田人の弟比多吉《ひたき》の長女で、敦の従妹である。

斐子が日本女子大学英文科の学生であった時、敦は斐子の卒業論文の手伝いをした。反対に斐子が、敦のリポートを手伝ったこともあった。

斐子は、

「昭和六年三月、私が卒業して別れる時には、サイン帳に好きな女性の名前などを書いてくれたのですが、その中に清少納言の名前が書かれていました。これは一種の愛情表現であったかも知れません。このサイン帳は、のちに私の出産の時、夫に見付かり焼かれてしまいました。はっきり約束はしていませんでしたが、互いに愛情は持っていたと言えます。しかし、結婚した場合、将来その世話が大変だろうと思っていました。」

と言っている。

お互いに、結婚を考えていた時期があったのである。

斐子《あやこ》から、「妊娠しなかった。」という手紙が敦に来たのを、タカが知った。

敦に、「斐子のためにも一緒に仲良く、一生懸命生きよう。」と言われ、タカは妙な気持ちになった。

タカは、

「主人は沢山手紙を貰っていたはずですが、焼いて了ったようです。大学時代、野沢温泉に行った頃ですが、『生活上の変化』が来たように書いていますが、斐子さんとのことだと思います。」

と言っている。

深田久彌の当時の妻であった北畠八穂《きたばたけやほ》（のち、昭和二十二年に離婚。同年、深田は文芸評論家中村光夫の姉、木庭《こば》志げ子と再婚。）は、『中島敦・光と影』の編著者、田鍋幸信に、

「ただ女性関係でちょっと忠告したことがありました。」

と話している。

敦は、自分の女性関係について、深田夫妻に話していたようである。

昭和十七年（一九四二）八月、敦の死の四ヵ月前に、氷上英廣が敦に手紙を出している。

その書き出しに、

　解決めでたしめでたし、前の返事出してからも、どうなることかと思つて落著《ママ》けなかつたね。

とある。

このことについて、氷上は、田鍋幸信に、

「女性問題についてです。しかしこのことはお話しないでおきます。」

と言って断っている。

敦の死ぬ年まで、解決しなければならない女性問題があったことになる。

タカは、子どもさえいなければ別れたい、と思ったこともあった。

しかし、タカは、敦を愛し、心の広い人であった。

静については、敦が亡くなって半月後、タカは、日記のなかに書いている。

　お静さんのことだつて　今になつてみればたかは感謝してゐますのよ。可哀さうなあなたをなぐさめて下すつた方ですもの　ほんたうにさう思つてゐます　あの方さへおいやでなかつたら今後も末長くお付き合していたゞきたいと思ひます。

斐子のことも、

「斐子さんは沢山の従兄さんたちの中で、一番温かく私どもに接してくれていると思います。」

と言っている。

タカのやさしさ、人間性が表れている言葉である。

澄子さんは、敦の女性関係について、

「中島家はみんな品行方正なのに、兄はチヨさんの血を受けたのでしょうか。」

と言われる。

十四

昭和十二年（一九三七）の一月十一日に、敦とタカの間に、長女正子が生まれたが、生まれて三日目目に死んだ。

敦の「手帳」に、

一月十一日（月）午后五時四十分出産、／成育覚束ナシ、
一月十三日（水）午前十時五十五分、嬰児死、
一月十四日（木）午后、久保山デ火葬　／小サナ棺、小サナ草鞋、笠、小サナ骨壺

とある。

いとおしい、あわれな、小さい命であった。中島の戸籍に入ることもなく、三日しか生きなかった女の子に、「正子」と命名した。

飲ませる子を失ったタカの乳房が張っていた。

この年の五月一日、敦は、ヘレン・ケラーを見ている。

五月一日（土）ヘレン・ケラー／失望。徒ニ人生ノmiseryヲ感ゼシムルニスギズ、／シカモ主催者側ノ〈見世物〉興業的ナルニハ憤慨セザルヲエズ。Thomsonナル者ハ彼女ヲクヒ物ニスル俗物ノ如シ、岩橋武夫ノ態度、声、共ニ極メテ俗ナルモノヲ感ゼシメシモ遺憾ナリ、タヾ、彼女ニ暗サノ少カリシハ、良シ、要スルニ、言語ニヨル表現ハ彼女ノ最モ不得意トスル所。ソレヲ猿芝居カ何カノ如ク公演セシムル

ハ面白カラズ、（何度モオジギサセタル如キ、）

その興業的な主催者側の態度に、憤慨している。敦は、俗なるものを烈しく嫌った。

横浜高等女学校の同僚に、安田秀文《やすだひでふみ》がいた。

安田は、小学校五年生の時に父を亡くし、母の手で育てられた。木曽川の傍に住んでいる母のところに休暇ごとに帰っていたが、敦はそれを羨ましがっていた。

敦は、手帳（昭和十三年）の中に、次のような漢詩を書いている。

生来不識生吾母
病中思母憂愁久
今夜忡々又不眠
燈前翳見疲痩手

生来識《し》らず吾を生みし母を
病中母を思い憂愁久し
今夜忡々《おうおう》としてまた眠れず
燈前かざし見る疲痩《ひそう》の手

敦は、幼い自分を捨てて行ったチヨを、母親として許せない気持ちを長く持っていたが、やはり「吾を生みし母」であった。生涯、思慕していた。

自分も結婚し、妻子ある身になって、すでに母を許していた。しかし、もうその母はこの世にいなかった。

チヨの写真は、ほとんど残されていないが、明治四十一年（一九〇八）、田人と結婚した時の写真と、生後二、三ヵ月の敦が母チヨに抱かれて、中島家の人たちと一緒に撮った写真の二葉がある。

幸雄さんにも、母を偲ぶものは、この写真しかない。

桜庭家での写真は残っていない。写真はあったであろうが、幸雄さんの父進平が再婚する時に、すべて処分してしまった。

田人とチヨの結婚時の写真は、向かって右側に、身長五尺一寸（約一五四・五センチメートル）の小柄な田人が、八の字の髭を生やし、フロック・コートを着て、左手に手袋を持ち、正面を向いて立っている。チヨは、向かって左側に、やはり小柄で、しまった口許、整った顔をして、うつむき加減に、袖に家紋のある着物を着、椅子に斜めに腰掛け、右手に少し開いた扇子を持っている。袂を垂らし、着物の長い裾は床を覆い、足もとは見えない。

もう一枚の写真は、明治四十二年の夏に、中島家の人たちが集まった時に撮ったもので、敦を入れて十一人の集合写真である。生後三ヵ月の敦を抱いた母チヨは、二列に並んだ後列の左端に立っている。
田人は、チヨと別れた後、再婚、再々婚したが、この二枚の写真は、保管していた。
この写真を見ながら涙ぐんでいる敦の姿を、ある時、タカは見た。

十五

昭和十二年（一九三七）の「手帳」に、

十一月三日（水）何トナク和歌ガツクリタクナル／作リ出スト20首程
タチドコロニデキル
十一月四日（木）又、歌三〇首ほど
十一月五日（金）約三十首
十一月六日（土）約二十首

とある。
このころ、敦は、猛烈に短歌を作り始める。

ひたぶるに詠みけるものか四十日余《よそかまり》五百の歌をわがつくれりし

これによれば、四十日の間に、彼が残した歌の大半が作られたのである。何かに憑かれたような作歌であった。

釘本久春、氷上英廣によれば、敦は友人らに、

「できてできてしょうがない。」

「火山みたいに噴出してくる。」

と語っており、友人らは、「もののふの八十蛆山《やそうじやま》のむくむくとわきたった」歌だなどと揶揄しながらも、彼の才能に驚嘆していた。

「和歌《うた》でない歌《うた》」の中の『遍歴』には五十五首の歌があるが、最後の一首以外は、すべて「ある時は」で始まっている。

ある時はヘーゲルが如《(ごと)》万有をわが体系に統《す》べんともせし
ある時はアミエルが如つゝましく息をひそめて生きんと思ひし
ある時は若きジイドと諸共に生命に充ちて野をさまよひぬ

このような歌が五十四首続き、古今東西の五十数人の哲学者、詩人、作家、音楽家、画家等の名が詠み込まれている。日本人は、人麿、西行、其角《きかく》、大雅堂の四人である。敦の読書の広さとともに、彼の魂の遍歴の跡が示されている。ただ、このように羅列されると、感銘が希薄になるのはやむをえない。

最後が、

遍歴《へめぐ》りていづくにか行くわが魂《たま》ぞはやも三十《みそじ》に近しといふを

の歌である。

これらの歌は、学生のころに、その全集を読んでいる正岡子規の、

ある時はひひなを祭りある時は花瓶《はながめ》を置く真黒小机《こづくえ》　　正岡子規

足たたば箱根の七湯《ななゆ》七夜《ななよ》寝て水海《みずうみ》の月に舟うけましを　　同

などの歌が念頭にあって、作歌したのであろう。

我が歌はをかしき歌ぞ人麿も憶良もいまだ得詠《よ》まぬ歌ぞ

の歌を見ても、人麿や憶良の歌をよく読んでいたからこそ、このように言えるのである。「人麿も憶良も得詠まぬ歌」と言いながら、もちろん作歌の対象は異なっているが、ほとんどが万葉調の歌になっている。万葉集の歌を愛読、研究し、その声調を学びとっていたのである。

うす紅くおほに開《ひら》ける河馬の口にキャベツ落ち込み行方知らずも

元街の灯ともし頃を人待つと秋の狭霧に乙女立濡る

いつか来む滅亡《ほろび》知れれば人間《ひと》の生命《いのち》いや美しく生きむとするか

冬の夜のひとりさびしみ紅《くれない》の林檎さくりとわりにけるかも

これらの歌は、明らかに、次の万葉集や齋藤茂吉の歌の影響を色濃く受けている。

もののふの八十《やそ》宇治川の網代木《あじろぎ》にいさよふ波のゆくへ知らずも

（『万葉集』巻三・二六四）　柿本人麿呂

あしひきの山の雫に妹《いも》待つとわれ立ち濡れぬ山の雫に
（『万葉集』巻二・一〇七）　大津皇子

生ける者遂にも死ぬるものにあればこの世なる間《ま》は楽しくをあらな
（『万葉集』巻三・三四九）　大伴旅人

この心葬《ほう》り果てんと秀《ほ》の光る錐《きり》を畳に刺しにけるかも
（『赤光』）　齋藤茂吉

万葉集は敦の愛読書の一つで、のちに南洋へ赴任する時も携行して行っている。ある日は、南洋での出張する船の中で、甲板の寝椅子にひっくりかえって、万葉集を読んで、妻に別れて遠く旅する（或いは戦に行く）者の歌や、あとに残った妻の詠んだ歌などに、身につまされている。

わが歌は呼吸《いき》迫りきて起きいでし暁《あけ》の光に書きにける歌
わが歌はわが胸の辺《へ》の喘鳴《ぜんめい》をわれと聞きつゝよみにける歌

自分の歌は、宿痾の苦しみのなかで詠んだものであることを訴えている。呼吸が苦しくて起きいでた暁に、われとわが喘鳴を聞きながら歌を書いている敦の姿が想像される。

『夢』もまた、苦しい。

何故《なにゆえ》か生埋にされ叫べども喚《わめ》けど呼べど人は来らず
叫べども人は来らず暗闇《くらやみ》に足の方《かた》より腐《くさ》り行く夢

夢に魘《うな》されて、叫ぶ敦であった。

『河馬』では、河馬を始め、狸、黒豹、マント狒《ひひ》、白熊など、三十五種類の動物を歌に詠んでいる。そこには、敦らしいユーモアのある歌、寂寥感の漂う歌も見られる。

「河馬の口にキャベツ落ち込み行方知らずも」の歌などのほか、次のような歌もある。

マント狒《ひひ》の尻の赤さに乙女子は見ぬふりをして去《い》ににけるかも
年老いし灰色の象の前に立ちてものうきままに寂しくなりぬ

マント狒の赤い尻を見ないふりをして行ってしまう乙女を見、灰色の老象の前に寂しくなって佇む、敦の姿が浮かんでくる。

「福島コレクション展」を見ては、その感動を詠んでいる。

モディリアニの裸婦《らふ》赤々と寝そべりて六月の午後を狂ほしく迫る
ユトリロの心に栖《す》みし白き影人無き街のこの白き影
ルヲー画《か》く青き道化もキリストもある日の我に似たりと思ふ
いいいふらんすの若き女が黄の縞の衣裳《きぬ》の明るさマティス憎しも

モディリアニの裸婦、ユトリロの人無き街の絵に心を惹かれた。マティスの色彩が憎かった。

ルオーの描いた道化、キリストを見た時、敦は「我に似たり」と思う。その絵のなかに、敦は、自分自身を見た。

また、シャリアーピン、ハイフェッツ、シゲッティ、ティボオらの演奏を聴き、その感動を歌にしている。

絵画、音楽に対する強い傾倒を、次から次へ、歌に表していった。

わが子、『チビの歌』も心惹く。父親としての敦の愛情が迫ってくる。いとおしいチビの姿が浮かんでくる。

明方をわが床《とこ》に来てもそくさとチビが這ひ込むくすぐつたさよ
昨日《きぞ》の夜の寝小便《しくじり》をいへば照《て》れゐしがやがて猛然とうちかゝりくる
子の唱《うた》ふ軍歌宜しも我が兵は天に代りて釘を打つとよ（注・不義を討つ）
叱らでも済みけるものを後向《うしろむ》きてべそかきをらむチビ助よ許せ
ガリヴァは如何になるらむと案じつゝチビは寝入りぬ仔熊をだきて
わが性質《さが》を吾子《あこ》に見出でて心暗し心暗けどいとしかりけり

愛児の姿が、躍如としている。

明け方に、父の蒲団のなかに入り込んでくるチビがくすぐったい。昨夜、寝小便をしたことをからかうと、しばらく照れていたが、やがて猛然とかかってくる。「天に代わりて」は、戦争中よく歌われた、『日本陸軍』と題する、大和田建樹作詞、深沢登代吉作曲の軍歌である。「天に代わりて不義を討つ／忠勇無双の我が兵は／歓呼の声に送られて／今ぞ出で立つ父母の国……」の不義を討つを、意味が分からないまま、釘を打つと歌う子。父親としての愛情が溢れている。

敦はまた、横浜の街を詠んだ。

冬近み露西亜《ロシア》菓子屋の窓辺なるベゴニアの花散るべくなりぬ
山手なる教会の鐘なるなべに紅薔薇《べにばら》散りぬ秋深みかも
元街《もとまち》は異人往く街吾が愛でてか往きかく往き徘徊《たもと》ほる街
たまさかの冬の南の風なれば屋根青き家も窓を展《あ》けたり
秋なれば外国《とつくに》びとの墓処《はかど》にも大和白菊供へたりけり

異国情緒の漂う横浜の街を、愛していたのである。そして、それらの歌のなかに、ベゴニア、紅薔薇、大和白菊などの花がある。青い屋根の家の窓も、印象的である。

ある時、敦は山口比男に、薬の包紙に書き付けて、一首の歌を見せた。

わが生命短かしと思ひ町ゆけば物ことごとく美しきかな

敦は、自分の短命を予感していた。死が迫りつつあることを知っていた。余命いくばくもないと思った時、敦の眼に写る町のことごとくが、美しいかぎりであった。

十六

敦は、もともと、ひ弱な体質であった。

昭和三年、十九歳頃から、喘息の発作が現れ始めたが、しかし比較的健康で元気な日々もあった。

横浜高等女学校教諭時代は、よく旅行や山登りをしている。

昭和九年　五月、同僚と乙女峠へ行く。

　　　　　八月、同僚と尾瀬、奥日光を歩く。

　　　　（九月、喘息発作）

昭和十年　七月、白馬岳に登り、大池まで行く。

　　　　　十月、関西修学旅行。

昭和十一年三月、小笠原旅行。

　　　　　八月、中国旅行。蘇州、杭州に遊ぶ。

昭和十三年八月、渋川、地獄谷を経て、志賀高原に遊ぶ。

そして、それぞれのところで、歌を作っている。

昭和十四年（一九四〇）一月十五日、『悟浄歎異』を脱稿した。

この年より、喘息の発作が激しくなる。

そんな日々、敦は、教務手帳の生徒の成績等を記入するページを、相撲の星取表にして使っている。

学生時代、出羽ヶ嶽と一緒に麻雀をしたこともあったからだろうか、相撲が好きであった。

教務手帳には、横綱・双葉山、羽黒山以下、名寄岩《なよろいわ》、玉ノ海、照国《てるくに》から、前頭《まえがしら》全員の名前を書き、十五日間の成績を、白星、黒星にして、丁寧に書き込んでいる。当時はテレビがなかったから、ラジオの放送を聴いていたのだろうか、それとも、新聞の表を書き写したのであろうか。

また、音楽や天文学にも関心を深めて行った。

昭和十五年（一九四〇）二月二十八日に、次男格《のぼる》が生まれた。

昭和九年、二十五歳の秋の喘息発作では、一度は生命が危ぶまれるほどであったが、回復して、その後、何度も大きな旅行をしている。

しかし、次第に喘息が重くなり、格が生まれたこの昭和十五年の秋以降は、学校も欠勤がちになり、週に一日か二日という勤務状態になる。敦は、転地療養を考えるようになっていた。

翌十六年三月、敦はついに横浜高等女学校を休職した。

一ヵ年間の復帰猶予が認められていたが、復帰することはなく、これが事実上の退職となった。

退職手当・百円、学校報国団餞別・百円を貰ったが、タカが出産の時に借りた二百円を返済すると、〇円になってしまった。学校からは、書類だけが送られてきた。

四月からは、校主田沼勝之助の要請により、六十六歳の父田人が代わって勤務することになり、世田谷の家から通勤した。

六月、敦は、国語編修書記として、南洋庁内務部地方課に勤務することになった。南洋へ行くのである。文部省図書監修官になっていた釘本久春の斡旋である。

当時、南洋群島は、第一次世界大戦後ベルサイユ条約により、旧ドイツ領から日本の国際連盟委任統治領になっており、多くの日本人が居住していた。昭和十六年末現在の人口は十四万一千二百五十九人で、うち日本人は九万七十二人であった。

南洋庁は、パラオ諸島のコロール島に本庁があった。サイパン、ヤップ、パラオ、トラック、ポーンペイ、ヤルートに六支庁が置かれ、国民学校や産業試験場などがあった。

全群島に国民学校が三十四校、島民児童のための公学校は二十六校、他に中学校や高等女学校、青年学校、国語養成所、実業学校等があった。

「南洋群島」は、ミクロネシアに対する、戦前の日本での呼称である。

南洋群島の現地の日本人の子どもたちは、国民学校に通っていたが、島民のチャモロ人、カナカ人の子どもたちは、公学校に行った。公学校では現地人の子どもに対して、日本語による教育がなされていた。

この公学校では、当時、南洋群島や朝鮮半島の子どもたちのために芦田恵之助《あしだえのすけ》の作った国語教科書が使われていた。芦田恵之助は、東京高等師範学校附属小学校（現・筑波大学附属小学校）訓導（現・教諭）。自己を綴る、読む教育、芦田教式など、綴り方、読み方教育に独自の理論を提唱し、小学校国語教育に大きな影響を与えた国語教育者である。

この国語教科書を改訂し、改良するのが、敦の仕事であった。

パラオ諸島は、北緯一〇度より南の熱帯の地である。

喘息という重い持病を持っている敦が、何故、南洋へ行こうとしたのか。

つらい喘息を治すために、転地療養を第一番に考えたと思われる。

寒さに弱い敦は、暖かい南洋へ行けば、この苦しみから解放されると思ったのであろう。

また、南太平洋のサモア島に渡り、そこで死んでいった、イギリスの小説家・詩人であるスティヴンスンに惹かれていたこともあったのであろう。

スティヴンスンのサモアでの生活とその死を書いた『光と風と夢』（初めの題は『ツシタラの死』）は、南洋へ行く前に脱稿していた作品である。

しかし、お金のことも重要な問題だったようである。

タカは、敦の南洋行きに反対したが、一度言い出したら聞かない敦は、タカの言うことを聞かなかった。

そして、その理由として、

「南洋庁の給料が高かったので、お金のために行ったと思っています。」

タカは、こう言っている。

澄子さんも、

「お金の問題もあったと思います。」

と言われた。

田人には、浪費癖のあった妻コウのつくった多額の借金があった。のちに、敦がそれを返済したという。

敦は、出発の前に、深田久彌を訪ねている。

この日、深田久彌は不在であったため、書置きとともに、『ツシタラの死』『古譚』四編（『山月記』『文字禍』『狐憑』『木乃伊』『過去帳』二編（『かめれおん日記』『狼疾記』））等の原稿を託した。

書置きは、「中島敦」とだけ印刷された名刺の余白に書かれたもので、この時、玄関で走り書きしたのであろう。

（表）
突然伺ひまして申訳ございません、
先日は、勝手なことをお願ひ致しまして恐縮に存じます、その上、又々お願ひするなど、誠に厚顔な話で、慙愧に堪へませんが、近い中に南洋（パラオ）の方へ——病気のため、及び、生活のため——行くことになりさうなので、其の前に一度御目にかかり度く、あつかましさをも顧みず、参上致した次第です、何卒、おひまの折にでも、御一読下さいますやう、お願ひ致します、南洋へ行く前に書上げようと思って、西遊記（孫悟空や八戒の出てくる）を始めてゐますが、一向にはかどりません、ファウストやツァラトゥストラなど、余り立派すぎる見本が目の前にあるので、却って巧く行きません、

（裏）

走り書きではあるが、万年筆で書いた端正な字である。

これらの作品を深田久彌が読むのは、半年も経ってからのことである。

敦は、横浜の家を引き払い、妻子は世田谷の田人のもとに一緒に住まわせることにして、六月二十八日、単身、横浜港を出発する。

その出発の前夜、二十七日夜十二時半（出発当日、二十八日の午前零時半である）に、父田人宛に長文の置き手紙を書いている。

むやみに忙しくて、あとのことをお話し申上げる機会がありませんでしたので、ちよつと書きます、

と書き出して、横浜に家が一軒あればよいという希望、世田谷の家は売らなくてもいいのかということ、妻子が御厄介になること、浦和の伯母様から御融通願つた分は、七月から十二月まで毎月五十円ずつお返しすることなどを書き、次のように結んでいる。

　どうか、身体にお気をお付けになつて下さいまし、余り、丈夫だ〳〵とばかり仰有らないで。

　チビ共のこと、宜しくお願ひします。

　僕も（大抵）元気になつて帰つて来られるつもりでゐます。今のところは、肉体的にも、精神的にも随分無理なのですが。今迄、肉体的にも、精神的にも甘やかされ過ぎてゐたから、この無理が却つて、薬になるのではないかと思つてゐます。少くともさう希望してゐます、

乱筆御容赦願ひます、

二十七日夜十二時半、　敦

父上様

ここまで、十二時半に書き終えた。もう日時は二十八日になっている。このあと、ま

た長い追伸を書くのである。

全く考へれば考へる程、僕は愚かな男です、折角与へられた一年間を思ふ様に使ひもせず、気も進まぬ、無理な仕事に身を任ねるのだから、全く気違沙汰です。実際、何もかも、おしまひになつて了つたやうです、みんな貧〔棒〕乏人根性のさせる業です（こんな下らぬ仕事に就かうとしたのは）恐らく僕の幽霊は、書かれなかつた原稿紙の間をうろつき廻ることでせう、全く何もかも目茶苦茶です、こんな事を書いたつて判つて頂かうなどとは、少しも思ひませぬ。決して思つてはをりませぬ、人間がひとりぼつちだなどといふことは今更、判りきつたことです、顔を付合はせてゐても実際は、別々の星に住んでゐるのですね、横浜とパラオとの距離どころの話ではないのです、

何を書かうとしたか、何を書いたか、さつぱり解りません、

頭のうしろの方が痺れたやうで、何も考が〔纏〕まとまりません、

〔失礼〕御焼却下さい、

書き終わった時、何時《なんじ》になっていただろうか。

妻や子どもを思い、父を思いながら、また敦は、書かれなかった原稿用紙の間をうろつき廻る自分の幽霊を見ていたのである。

この夜、敦はほとんど寝ていない。


翌朝、出発である。

港に見送りに来たのは、タカと二人の子ども、鎌倉から来た九州大学の三好四郎、教え子の女学生たちであった。三好は、人影にまぎれたタカの姿を見なかったので、家族はだれも来ていないのだと思った。

正午、出帆の時、やらずの雨がざあざあ降ってきた。

サイパン丸（日本郵船の貨客船。五五三三総トン、全長一一六・四二メートル、幅員一六・四〇メートル。）に乗船したあとの敦の姿は、タカはいくら背伸びしても、見えなかった。

九日間の船旅ののち、七月六日午前十一時、パラオ諸島のコロール島に入港し、任地に到着した。

（ちなみに、サイパン丸は、この二年後の昭和十八年七月二十一日、パラオ島北方洋上でアメリカの潜水艦ハダックの魚雷攻撃を受けて沈没した。）

十七

敦にとって、南洋の気候は喘息にいいと思っていたのに、それは逆であった。

パラオは、毎日雨が降り、カラリと地面が乾くことがない。

着任早々、健康を害し、八月末まで持病の喘息や大腸カタル、そしてデング熱などの風土病に苦しんだ。全く期待とは違っていた。

コロール島に着いてすぐの翌八月、この地で民俗調査に当たっていた彫刻家・画家であり、南洋民俗研究家の土方久功《ひじかたひさかつ》を知り、二人で話し合うのが、唯一の楽しみになった。日に一度は、土方の家に行った。行かない日はないほどであった。

敦は、『マリヤン』のなかで、

> 私の変屈な性質のせゐか、パラオの役所の同僚とはまるで打解けた交際が出来ず、私の友人といつていいのはH氏の外に一人もゐなかつた。

と書いている。

H氏は、土方久功のことである。

土方久功のことを、敦は、父田人宛の手紙のなかで、

この土曜（三十日）からパラオ本島へ一週間位の予定で出張に出かけるつもりなのです、今度は同行の二人が、南洋に珍しい教養人（一人は帝大教授、一人は土方氏とて土方与志氏の弟で、〔大変深い〕南方民〔族〕俗学の泰斗です）だから、是非出かけたく思つてをります。

と知らせている。

しかし、久功は、与志《よし》の弟ではない。

敦は、そう思い込んでいたのであろうか。あるいは、久功が、血縁関係の説明が面倒なので、与志の弟と言っていたのであろうか。

与志は明治三十一年生まれで、久功は明治三十三年（一九〇〇）生まれの二歳違いで、兄弟のように見えたのかも知れない。

与志は、土佐藩士で薩長連合に尽力し、明治になって、農商務相、宮内相、枢密院顧問官、国学院学長を歴任した伯爵・土方久元《ひじかたひさもと》の孫である。父久明は軍人であったが、与志の生まれた年に自殺した。与志は襲爵して、伯爵であった。

久功は、久元の弟久路の次男である。久路は、陸軍砲兵大佐であったが、大正八年(一九一九)、五十歳で死去した。母・初栄は、海軍大将、柴山矢八の娘である。久功から見れば、与志は年長であるが、従兄の子に当たる。与志からすれば、久功は年下ではあるが、「従兄弟小父《いとこおじ》」である。

与志は、学習院から東京帝国大学国文科を出て、ドイツに留学。関東大震災の報を受けて帰国。大正十三年(一九二四)、小山内薫《おさないかおる》と共に築地小劇場を開設、新築地劇団を作った。与志は、小山内薫に師事していた。

小林多喜二の『蟹工船』を「北緯五十度以北」という題で帝国劇場で上演するなど、プロレタリア演劇を上演し、「赤い伯爵」といわれた。

昭和八年(一九三三)、家族と共に日本を脱出、ソ連(ソビエト社会主義共和国連邦)に入り、革命劇場演出部に勤務する。昭和九年、華族史上初の爵位剥奪処分を受けた。

昭和十六年、帰国。治安維持法違反で検挙され、五年の刑を受け、このころは、獄中にあった。

戦後、出獄。多方面に活躍し、日本共産党に入党する。昭和三十四年(一九五九)六月四日、死去した。享年六十一。

妻梅子は、子爵三島通庸《みちつね》の孫娘である。因みに、戦後の首相吉田茂の妻も三島通庸の孫娘である。

久功は、東京美術学校（現・東京芸術大学）彫刻科を卒業した。

与志を、「与志ちゃん」と呼んで、仲が良く、築地小劇場のシンボル・マークの葡萄のデザインをしている。

久功は、二科展、院展（日本美術院主催の展覧会）に出品したが、相次いで落選し、日本の美術界に希望を失った。

昭和四年（一九二九）、二十九歳の時、単身、南洋へ行った。

この時、与志は、旅費及び当座の生活費として金三百円を贈っている。（当時の物価は、もり・かけそば八銭、入浴料金五銭、はがき一銭五厘である。）

久功は、初めパラオの南洋庁の嘱託になり、島民の学校で木工を教えながら、島々の石製遺物や土器片を集めて考古学的調査を行った。翌年、嘱託を辞した。

久功がコロール島に渡ってまもなく、久功のうわさを聞いて、杉浦佐助《すぎうらさすけ》という愛知県蒲郡《がまごおり》出身の宮大工が、自分で彫った達磨さんを持って、弟子にして欲しいと言って、訪ねてきた。昭和六年、この杉浦佐助と共に、日本人の一人もいない孤島サラワヌ（サタワル）島に渡った。ここで、七年間滞在して、民話や伝説等を調べ、南洋民俗学の第一人者になっていた。

（杉原佐助は、昭和十四年に一時帰国した時、「南洋彫刻家、杉浦佐助作品展覧会」が銀座三昧堂ギャラリーで開かれ、高村光太郎等の称賛を得た。昭和十七年、土方久功が中島敦とともに帰国したあと、ヤップ島、ロタ島を経てテニアン島に移る。昭和十九年、洞窟にひそむ日本兵に投降を勧めていた時、日本兵に銃で撃たれて死んだ。四七歳であった。久功が、テニアンから引き揚げて来た人から、佐助の死を聞いたのは、昭和三十六年、佐助の死から十七年後のことであった。）

敦が南洋庁地方課に赴任した時は、久功はパラオに戻り、物産陳列所という産物土俗参考館のようなところの主事になり、その所属している商工課と、島民関係事務の地方課を兼務していた。

二人が会った時、敦は三十二歳、久功は四十一歳であった。

二人は、たちまち心を許し合う忘年の友となった。

南洋で、敦は唯一人の友を得たのであった。

久功は、敦の博識と才能、強記、その勉強ぶりに尊敬の念さえ持った。「トンチャン」と呼んで、九歳年下の敦と交わった。

時々、額に垂れ下がるバサバサの髪の毛を片手でかきあげ、仰向いて頭をブルンと振って髪の毛を後ろに投げ上げながら、おかしなことを言って笑わせ、人を笑わせる前に自分が笑ってしまう明るい敦の人柄を、久功は愛した。

敦の明るさについては、釘本久春も書いている。

トンは、明かるかった。トンと共にいるとき、トンと話しているとき、だれも彼も、そして彼自身も、明かるかった。

私自身の、トンとの交遊の経験から言えば、私がメソメソしていたり、ガブガブ酒を呑んでいたりして、トンを悩ました経験は、かなり記憶に残っているが、トンの残している印象は、常に明かるい。

敦は、サツマイモが好きで（父田人もサツマイモが大好きであった）、久功に、サツマイモとバナナがあれば飯はいらないといった。胡瓜《きゅうり》は嫌いで、「その臭いからして嫌だ。」と言っていた。

新しい本が内地から届くと、早速、久功のところへ持ってきて見せ、その新しい本を愛撫した。

敦は、久功の話す南島の民俗や民話などを、強い興味と関心を持って、聴いた。敦の『南島譚』の「幸福」「夫婦」「雞」は、久功から聞いた話をもとにした創作であろう。

久功に、底抜けに明るい印象を与えた敦であったが、ほかの人には、また、違った一面を見せている。

サイパンで教師をしていて、敦と奇妙な二週間の同居生活をした田辺秀穂が、敦との思い出を、『「スティブンソン」のいない島――中島敦との二週間』のなかに書いている。

昭和十六年十一月、全島戦時色に塗りつぶされていた。

田辺は、家族も半年前に内地に引き揚げ、一人で、勤務先の学校の正門の道路をへだてて直ぐ前にある官舎に住んでいた。

ある日、島の行政官庁の役人から、中島敦来島の連絡があり、敦がパラオ本庁へ赴任のための次の便船を待つまで、田辺の官舎に同宿を頼むということであった。一高、東大のエリートコースを歩き、しかも一高へは旧制中学四年で入学したとのこと。

田辺は、連絡で役所へ行き、黒縁の眼鏡をかけ黒いボストンバッグを下げている敦に紹介された。

二、三言葉を交し、官舎へ案内した。
官舎までの五、六分、二人は殆んど口をきかなかった。

町の飯屋が運んでくれた食事を、二人は胡座《あぐら》をかいて食べたが、敦は、旨いとも不味いとも言わなかった。

天水を沸かした風呂から上がると、ステテコ一枚で胡座をかいた。部厚い腹巻をまいているので、

「随分、大きい腹巻だなア。」

田辺が驚くと、

「家内が作ってくれたんだ。」

平然として言った。

何故、こんな島にやって来たのかを訊ねると、

「喘息を治すためだよ。」

敦は答えた。

田辺は勤めに出て、夜分に帰宅する。

敦が、日中、どうして過ごしているのかわからなかった。

夜分も、時たましか顔を合わせなかったが、遅く帰宅すると、敦は、寝台に身体を横

たえ、読書にふけっていた。

ある時、敦は、

「君、仔豚って可愛いよ。」と言って、腹巻のままで四つん這いになり、ふんふんと鳴声まで真似て、板の間を飛んだり、跳ねたりした。

昭和十六年十二月八日、日米開戦。米軍機の空襲に備えて、防空壕を掘らねばならなかった。

田辺は、台所の板をこじおこし、中に入り、スコップで泥にまみれ、汗にまみれながら穴を掘っていたが、敦は、「大変だな」とも、「手伝いたいが……」とも言わなかった。

田辺は、

「君は、今、何をしたいのだ。」

突き詰めた質問をすると、

「僕は本を持って死ぬよ。」

敦は、平然として答えた。

十二月初旬、ようやくパラオ行きの便船があり、敦は、島を去った。

二週間、二人は同居しながら、ほとんど話らしい話はしなかったのである。

田辺は、「特別な感慨もなく、或る一人の男が風の如く現われ風の如く去った、とただそれだけのことであった。そうして、彼の存在が私の内面に不思議な印象を与えたことを彼も知らず、私自身も気付かなかった。」という。

三月のある日、田辺が授業をしていると、来客があるとの連絡で、学校の玄関口に出てみると、国民服を着た敦であった。

敦は、戦闘帽を脱ぎ、

「辞めて、帰ることにしました。お世話になりました。」

と丁寧に頭を下げた。

田辺は、去っていく敦の姿が消えるまで見送ったが、敦は振り向くことはなかった。

後日譚がある。

敦が引き揚げたあと、田辺も、それから二ヵ月ばかり過ぎた五月に引き揚げた。

六月の深緑のころ、田辺は世田谷の道を歩いていたら、偶然、敦の家が目に入った。

田辺は、敦の部屋に案内された。二階の四畳半の部屋で、タカが紅茶を運んでくれた。

しかし、敦は非常に沈みがちで、畳ばかり見つめていて、紅茶も手に取らなかった。

田辺は、そのことにすぐに気づいたので起ち上がったという。

敦は、南島の一人暮らしの部屋で、後ろが破れて、黄色い背中が見えている着物や、袖がもげそうな着物を平気で着ていた。

暑い時には、その着物さえ脱いで、貧弱な裸になって、

「暑い、暑い。」

と言っていた。

南洋の雨は、スコールだけではない。秋霖のような長雨が続くこともある。そんな時は、今度は
「寒い、寒い。」

と言って、南洋では着る人もないような毛のシャツと股引を二枚も重ね着し、ヒューヒューと喉を鳴らして、エフェドリンを服んで、耐えていた。

敦は、毎日、久功の家に来ていた。

ある時、一日、二日来ないので、どうしたのかと思って、久功は敦の部屋に行ってみると、重ねた布団に胡座《あぐら》をかいて凭《もた》れていた。

久功が声をかけると、片方の手を少し振り、息苦しくて、何も言ってくれるな、何も答えたくないという様子だった。

久功は、どうしてやることもできなかった。

元気な時は、二人の談笑は尽きなかったが、敦は家族について語ることはほとんどな

かった。

敦の死後、刊行された『中島敦全集』に、南洋から毎日のように家族に書き送った手紙が収録されたのを見て、久功は意外に思った。

はにかみやの一面があった敦は、家族のことを話すのは、なんとなく恥ずかしかったのであろう。


敦は、九月十五日から十一月五日にかけて、南洋諸島の公学校視察の第一次の出張旅行に出る。次いで、第二次の視察は、十一月十七日から十二月十四日にかけて行われた。当時使用中の『公学校本科国語読本』『公学校補習科国語読本』改訂のための資料を集めるのが目的であった。

パラオのコロールを出発して、南洋群島の、トラック（チューク）諸島の夏島（現・デュブロン島）、ポナペ（ポンペイ）、ヤルート島、冬島、秋島、水曜島（トール島）、月曜島（ウドット島）、ヤップ島、ロタ島、テニアン島、ペリリュウ島、アンガウル島などの島々を回り、公学校を視察し、授業参観、教員たちとの懇談等を行った。

敦が、サイパンに初めて上陸したのは、昭和十六年七月二日のことである。この五ヵ月後に日米開戦となり、三年後の昭和十九年（一九四四）六月十五日に米軍が上陸し、七月七日、日本軍守備隊が全滅する（戦死四万一二四四人、在留邦人約一万人死亡）が、当時は、想像もできなかった。
この視察・出張中は、敦の体調は比較的よかったようである。
しかし、敦は、公学校における教育に、絶望する。
妻や父に、次のような手紙を書いている。

昨日午後二時飛行機にて無事パラオに着きました。途中の健康も上乗、却つて出発前より元気でをります故、御安心願ひます

たゞ、教科書編纂者としての収穫〔は〕が頗る乏しかつたことは、残念に思つてをります　現下の時局では、土民教育など　殆ど問題にされてをらず、土民は労働者として、使ひつぶして差支へなしといふのが　為政者の方針らしく見えます、之で、今迄多少は持つてゐた、此の仕事への熱意も、すつかり　失せ果てました。

（十一月六日　中島田人宛）

一日も早く今の職をやめないと、身体も頭脳も駄目になつて了ふと思つて、焦つてをりますが、……

（同）

今度旅行して見て、土人の教科書編纂《サン》といふ仕事の、無意味さがはつきり判《ワカ》つて来た。土人を幸福にしてやるためには、もつと〳〵大事なことが沢山ある、教科書なんか、末《スエ》の末の、実に小さなことだ。所で、その土人達を幸福にしてやるといふことは、今の時勢では、出来ないことなのだ。今の南洋の事情では、彼等に住居と食物とを十分与へることが、段々出来なくなつて行くんだ。さういふ時に、今更、教科書などを、ホンノ少し上等にして見た所で始まらないぢやないか。

（十一月九日　中島たか宛）

敦は、「土民達の幸福」を考えていた。当時、南洋へ行った日本人のなかの、そう考える数少ない一人であった。

「土民は労働者として、使ひつぶして差支へなし」という為政者の方針に絶望した。そして、教科書編纂の仕事への熱意も失せ果てるのである。

十一月二十八日の日記には、サイパンで視察した公学校における校長や訓導の酷烈な生徒取り扱いについて記している。

校長及訓導の酷烈なる生徒取扱に驚く。オウクニヌシノミコトの発音をよくせざる生徒数名、何時迄も立たされて練習しつゝあり。桃色のシヤツを着け、短き笞を手にせる小さき〔男〕少年（級長なるべし）こましやくれた顔付にて彼等を叱りつゝあり。一般に〔生徒〕級長は授業中も室内を歩き廻り、怠けをる生徒を笞《むち》うつべく命ぜられをるものの如し。帽子を脱ぐにも一、二、と号令を掛けしむるは、如何なる趣味にや。

これを、タカに、

　ここの公学校の教育は、ずゐぶん、ハゲシイ（といふよりヒドイ）教育だ。まるで人間の子をあつかつてゐるとは思へない。何のために、あんなにドナリちらすのか、僕にはわからない。
（十二月二日　中島たか宛）

　こんな教育をほどこす所で、僕の作る教科書なんか使はれては、たまらない。
（同）

と訴えずにはおられなかったのである。

敦は、原住民の子どもたちを、温かく、人間の子として見ているが、現地の公学校の教員たちは、そうではなかった。敦は、それに怒りを覚えた。

南洋庁の同僚たちも、敦に対して、温かくはなかった。「同僚の冷たい眼」があった。中学を出てから、すぐ勤めて、二十年、三十年になる人たちが多いのに、敦のような若い者が、途中から入ってきて、東京帝国大学を卒業しているからといって、上に座ると、反感を持たれるのは当然だろう。

南洋庁の地方課の中では、敦の給料は、課長の次に高かった。

敦は、妻や、桓《たけし》、格《のぼる》の二人の子どもに、毎日のように、語りかけるように、手紙や葉書を書いて、日々の生活の様子や南洋の風物について、知らせている。

そのなかで、妻や子を思う気持ち、南洋に来たことの後悔を書き綴っている。

しかし僕には、将来どれだけ生きられるやら、まるで自信がない。それを思ふと、見栄《ミエ》も意地もない、たゞ〳〵、お前達との平和な生活を静かにたのしみたいといふだけの気持になる。それが一番正直な所だのに、それだのに、オレは、今頃こんな病気の身体をして、何のために、ウロ〳〵と南の果《はて》をウロツイテルンだ。全く大莫《おおば》迦野郎《かやろう》だなあ。俺は。

（九月二十日　たか宛）

コロールで俺を待つものは、暗い、独り身《み》の官吏生活と、冷たい同僚の眼と、そして恐らくは、病気（或ひは不健康）と、なんだ。（横浜にゐる時は、ホンノ一寸伊勢崎町へ行つて帰つて来ても、お前と桓と、それにノチヤ助までが、玄関へ迎へに出てくれたもんだがなあ！）

今年の七月以来、おれはオレでなくなつた。本当にさうなんだよ。昔のオレとは、まるで違ふ、ヘンなものになつちまつた。昔の誇《ホコリ》も自尊心も、昔の歓《ヨロコ》びもおしやべりも滑稽《コッケイ》さも、笑ひも、今迄勉強してきた色々な修業も、みんな〳〵失《な》くして了つたんだ。ホントにオレはオレでない。お前たちのよく知つてゐる中島敦《おとうちゃん》ぢやない。ヘンなオカシナ、何時も沈んだ、イヤな野郎になり果てた。

（同　）

何か、人事不省《ジンジフセイ》になるやうな劇しい病気にでもなつて、フト、目が覚《サ》めて見たら、お前達の傍にゐた、といふやうなことにでもなれば、どんなにいいだらう。子供等にうつる病気でさへなければ、どんな大病にでもなり度いと思ふ。もし、それで、お前たちの傍にかへされるんだつたら。

（十月一日　たか宛）

ひとり言《ごと》の名人たる僕は、日に何度お前達の名を（声に出して）呼んで見るか知れない。

（十月五日　たか宛）

二人の子どもについても、書く。

桓！　桓！　丈夫にそだつて呉れ、頭なんか、ニブイ方がいい。たゞ丈夫でスナホな人間になつてくれ。そして格と仲良くしてくれ。

（十一月三日　たか宛）

二学期の桓の成績が悪くつても、叱らないでやつて呉《く》れ。

（昭和十七年一月九日　たか宛）

ノチヤスケの奴、どんな様子をしてるかな？　しよつちうお前のあとばかり追ひかけてるんだらうなあ。

（同　）

もう、あとどれだけ生きられるかわからない。見栄も意地もなく、タカや二人の子どもといっしょに平和に暮らしたい。こんな病気の体をして、何のために南の果てをうろついているんだ。俺は、大莫迦野郎だ。俺は、俺でなくなった。誇りも自尊心も、歓びもおしゃべりも滑稽さも、笑いも、今迄勉強してきたいろいろな修業も、みんな失くしてしまった。妻や子どものもとへ帰されるのなら、どんな大病にでもなりたい……。敦は、ほとんど絶望していた。

ただただ、タカが愛しい、桓が、格が愛しい。思うは家族のことばかりで、帰心矢のごとくであった。

敦は、タカ宛の手紙のほかに、子どもたちに宛てて、約八ヵ月の南洋滞在の間に、八〇通もの手紙や葉書を書いている。

二人の子どものうち、次男の格《のぼる》は前年の二月二十八日に生まれて数え年二歳、まだ字が読めないので、格宛にはカタカナ書きの葉書二通だけであるが、国民学校初等科（現在の小学校。この年、尋常小学校から国民学校初等科に変わった。）一年生の桓《たけし》宛てに、書き続けるのである。その多くは、絵葉書である。

そこには、敦の、わが子を思う愛情が満ちあふれている。

最初の手紙は、サイパンへ向かう船サイパン丸の中で書いている。

雨《アメ》の中を　見おくつてもらつて
ありがたう。海は　とても　しづかです。
南へ行くに、したがつて、水がだん〱
きれいになります。
けふ《（今日）》は　なんやう《（南洋）》の一ばん北にある
ウラカスといふ火山《（くわざん）》の島のそばを
とほ《（通）》りました。ものすごく　けむりを
ふいてゐました　ぼくは　ふねの上で
本をよんだり、しやうぎ《（将棋）》をさしたり
してゐます。
（中略）
あしたは　ふねが　サイパンといふ
みなとに　つきます。ちよつと
じやうりく《（上陸）》するつもりです。
その時に　この手がみを出します
今は　七月一日のよるの十じです

さよなら
敦

たけし君

七月六日にパラオに着いた。次は、パラオからの二通目の葉書である。

今日《ケフ》は七月八日だけれど、この葉書《ハガキ》は、きつと七月二十日ごろ、つくだらうね。おとうちやんの　ひるごはんは毎《マイ》日バナナ十《ジユウ》二本だよ。うらやましいだらう。おかあちやんのいふことをよくきいてのちやぼんをかは《(わ)》いがつてくれたまへ。たのむよ。

「のちやぼん」は、格の愛称である。

八月二十五日のハガキには、桓の手紙の中に、字の間違いがあるのを、注意している。一字一句もゆるがせにしなかった敦の、二年生のわが子への教えである。ここにも、深い愛情が表れている。

桓の手紙《ガミ》の中に、まちがひ
があります。
「ぼくはまい日
がつかうへ行つています。そし
て一つしやうけんめい　べんきやう
しています」
この中に二つ
まちがひがあります。
よく
かんがへて　ごらん。
おとうちやん
が　いつも　まちがへては

いけないよつて　言つてゐた
ことです。
わかつたら、もう二どと　こんなまちがひをしないこと。　（八月二十五日）

これは、次の二つを指している。
・がつかう（誤）——がくかう（正）
・います（誤）——ゐます（正）

字の間違いについては、タカにも注意している。
結婚前の昭和六年十一月のタカ宛の手紙になかに、

お前の手紙の誤字。神経過敏。（繁はちがふ）絶対《タイ》（帯ではない）年寄《トシヨリ》（奇はキ・）
まあ、こんなことは、どうでもいゝ。

とあり、南洋からの手紙にも、

南洋群島の群の字を郡とまちがへてはダメ。群だよ。

（十六年十一月五日　たか宛）

と書いている。

妻にも、子にも、間違った字を書かないように願っていたのである。

タカは、小学校にしか行っていないので、誤字を書くこともあったが、どの手紙にも人柄が表れ、真情があふれている。

長男桓《たけし》宛のハガキの多くは絵葉書で、南洋の風物などを、写真で教え、文章で教えている。

また、トラック島の昔話『ウニモル山』や、ヤップ島の昔話『とかげたいぢ（退治）』などを、語って聞かせるように書いている。

けさ、クサイといふ島につきました。
クサイといふ名前でも少しもくさくは
ありません。かへつて　バナナやレモンの
いいにほひがするくらゐです。

こんな　きれい　な
さんごせう　が　水の
上から　見えるのです。
その間を　いろんな
おさかな　が　およいで
行きます。　かに　が
のそ〳〵　はつて行くのも
見えます。なんとも
いへないほど
きれいです。

（九月二十五日）

東京《とうきょう》は　もう
秋《あき》だね。かき　や

（九月二十八日）

くり　が　たべられて
いいね。南洋には
秋も　春《はる》もなくて
年中《ぢう》　バナナと
パパイヤばかり。
早く桓や格
のところにかへりたいな。

（九月三十日）

桓と　相撲がとりたくなつちやつた。
もう桓にまけるかな？　まだ　お父《とう》ちやんの方が　少し
強いだらうな。
格は　シコをふむ　まねをするかい？

（一月　？日）

十二月十二日、サイパンからパラオに向かう鎌倉丸の船室で、敦は、長歌を詠んでいる。

鱶《ふか》が栖《す》む　南の海の　緑濃き　島山陰ゆ　山菅《やますげ》の　やまず、しぬばゆ、あきつ島
大和の国に　吾《あ》を待たむ　子等がおもかげ。　桓《（たけし）》はも　さきくあらむか　格《（のぼる）》はも
如何にあらむと　あかねさす　昼はしみらに　ぬば玉の　夜はすがらに、はしきや
し　桓が姿　さ丹《に》づらふ　格が頬の　まなかひに　去らずかかりつ、うまじもの
あべ橘《たちばな》の　たををなる　枝見るごとに　時じくの　かぐの木の実が　黄金なす　実
を見るなべに　みくだもの　喜び食《を》さむ　子等が上、常し思ほゆ、椰子《やし》高き　荒磯《ありそ》
の真砂　檸檬《れもん》咲く　丘辺を行けど、沖つ浪　八重の潮路を　はろばろに　子等と離《さか》
りて　草枕　旅にぬる身は　不楽《さぶ》しさの　日《ひ》に日《け》に益《まさ》り　恋しさの　甚《いた》もすべなみ
にはたづみ　流るゝ涙　とゞめかねつも

（於鎌倉丸一四二号船室）

桓《たけし》を思い、格《のぼる》を思い、流れる涙をとどめることができなかったのである。惻惻として胸を打つ。

最初の「鱶が栖む」などは、実景を写しながら、枕詞のような役割を果たしており、万葉調で貫かれた力作である。

船のデッキの寝椅子にまどろんで、身も心も海や天の碧に染まるような時、桓をこん

な旅に連れて来たら、どんなに喜ぶだろうかと思う。

海岸を歩いて貝殻を拾えば、桓と一緒に横浜の富岡海岸で貝殻を拾ったことを思う。

視察した学校の校長の家で、昨年二月に生まれた男の子が、鶏を追いかけ、芝生を歩き廻るのを見れば、格のことを思って、堪え難くなるのである。

子煩悩極まる敦であった。

タカは、敦の去った横浜の家から、二ヵ月後の八月二十六日に、二人の子どもを連れて、世田谷の田人の家に引っ越した。

タカは、子どもの様子を知らせながら、敦の体を心配し、いとおしく思う気持ちを切々と手紙に書いて、

「一人ぼつちの可哀さうな　お父ちやま　御もとに」

「おやせの弱いお父ちやま、御許に」

送るのであった。

手紙のなかの、タカの言葉が切ない。


お体の具合はいかゞですの、お弱いのにどうしていらつしやるかと思ふと胸がドキ〳〵〳〵して了《しま》ひます、

（七月十四日）

可哀さうにそんな地ごくみたいな処へ行つておしまひになつて　（七月十四日）

あなたは今までに何千回　何百回か知れない位、わたしと一しよになつたことを後悔なすつたことゝ思ひます　あなたに取つては尊い十年間を女子供の為にわき道へ引ずられて了つて御自分のお仕事に心身共打込んでなさると云ふことはお出来にならなかつたと思ひます　あなたの気むづかしい時　お腹立の時など察しては云ひ知れない淋しい気持でゐました　私みたいな女をどうしておもらひになる気になりなすつたか、未だに分かりませんが　たかの想像では母親の愛を知らない冷たい家庭で大きくなつた為　家庭的な暖い心がほしかつたんでせう　最もこれは私から割出した気持かも知れませんが……

それに若い時の一時の感傷でつひふら〳〵と弱い者に対する同情が根強かつたんでせう、又、自分の心の底から何にも警戒なしに話し合ふ人間がほしかつたのでせうと思ひます、

そして御自分の弱い体をいつも〳〵生の親のやうにいたわつて。あまえさせてくれる者が恋しかつたのでせう、御自分がみぢめで育つたのでやつぱり哀れなものをたすける気持にお負けになつたと信じます（自分の将来を深く〳〵考へないで）可

哀さうなお父ちやま、今更どうするんだとおつしやるんですけど私にはどうしても上げられない馬鹿な女です、どうぞ子供に免じてこれからも我まんして下さいませ、一人ぼつちになつて始めて今まであゝもして上げればよかつた、あの時は、こう云ふ態度を取ればよかつたと後悔してをります

（七月十五日）

あなたの体は私共三人に取つてはほんたうに大事な〳〵体なんです。骨ばつかりの軽い〳〵体でよくまあ起きて歩けるといつも〳〵思つてゐました、御存じでせうが　あなたのお部屋へ行かないのも　お体が大事だから参りませんでした。大切な体をこんなことで悪くしては申し訳ないいんですもの　えらさうな、ことを色々言つて了つて随分あなたをこまらせたことが度々ありましたわね　ヒステリーを起して勉強のじやまばつかりして　つく〴〵申し訳ないと思つてゐます。

（八月十二日）

タカは、「可哀さうなお父ちやま」の深い心の奥を思い、敦の愛が、「弱い者に対する同情」であったことを思い、自分を「馬鹿な女」と反省し、いっそう夫がいじらしくな

るのであった。

敦は、子どもの頃から、同情心に富んでいた。小学三年生の時、「同情に富む」ことが「奇特ナリ」として、校長から賞状を授与されている。

タカは、自分に対する敦の同情を、読み取っていた。

お体が大事だから、あなたのお部屋へ行かなかったと、体の弱い敦の疲労を心配して、接触を自重したことを言い、そして、「淋しいから思ひのまゝに」二人が結婚したことをふりかえるのである。

そして、タカは、「骨ばっかりの軽い〳〵体」の敦を、一人で南洋へやったことを悔やみ、「一人ぼつちで置くのは心配で〳〵」ならなく、子どもをあずけて、敦の所へ行こうと考えるようになる。


昨日から今日迄今でも涙はとめどもなく流れてゐます、何の為に　あなたをそれ程まで苦るしめるのでせう、はてしない遠い〳〵所でどうして上げることも出来ず只々泣くばかりです、そばに居て上げることも　出来ないから神様に念じてをりましたのに　そんな可哀さうなことになつて了つて、もうどうしてもあなたのそばへ参りたう御ざいます。それには桓や格をつれて来るなとおつしやつたから、桓は久

喜＝世田谷＝へ、あづげ《ママ》　格は名古屋へあづけて　一先づ私一人参りたいと思ひます
どうしても。　（八月十三日）

これに対して、八月二十二日、敦は、父田人宛に手紙を出している。


たかは、南洋へ来たいやうなことを申してをりますが、とんでもない話で、こちらの様子が一向内地に知られてをらぬために（又、知らせないことになつてゐるのでせう）そんなことを考へるのでせうが、これは、凡そ、問題にならぬ話です、こちらから婦女子が引揚げこそすれ、こちらへ来るやうな時ではありません、絶対に。

……たかによく〳〵お言ひ含めの程、願ひます、……


昭和十六年は、時局は緊迫し、南洋へは、もはや婦女子が行けるような状況ではなかった。

こういうなかで、十二月八日、日本軍のハワイ真珠湾攻撃によって、日米開戦となった。

十二月三十一日、敦は、

「心臓性喘息ノタメ劇務ニ適セズ」

という理由で「内地勤務」希望を申告した。

昭和十七年（一九四二）の新春を、家族と離れて、一人南洋で迎えた敦は、一月中旬より約二週間、土方久功とパラオ島一周の旅行をした。

この月、日本軍は、マニラを占領し、ニューブリテン島ラバウルに上陸した。

このような生活のなかで、持っていった原稿用紙は手つかずのままで、一枚も書くことはできなかった。

喘息は、一向に良くならず、公学校の教育に失望し、妻子への思いが募るばかりであった。

このなかで、原稿はほとんど書けなかったけれど、のちに内地に帰ってから書いた、『南島譚』（「幸福」「夫婦」「鶏」）

『環礁——ミクロネシヤ巡島記抄——』（「寂しい島」「夾竹桃の家の女」「ナポレオン」「真昼」「マリヤン」「風物抄」）

に結晶する、南洋の風物や、女や子どもの姿を、詩人の澄んだ眼は、鋭くとらえていた。

「水分に飽和して重く淀《よど》」み、「濃く重くドロリと液体化して、生温い糊《のり》のやうにねばく／＼と皮膚にまとひつく」空気。

（『夾竹桃の家の女』）

「村中眠つてゐるのだらうか。人も豚も鶏も蜥蜴《とかげ》も、海も樹々も、咳《しわぶ》き一つしない。」

そこへ「猛烈なスコールがやつて来」て、「屋根を叩き、敷石を叩き、椰子の葉を叩き、夾竹桃の花を叩き落して、すさまじい音を立てながら、雨は大地を洗ふ。人も獣も草木もやつと蘇」る午後。

（同）

「頭上の葉のそよぎと、ピチヤリ／＼と舐《な》めるやうな渚の水音の外は、時たま保礁の外の濤《なみ》の音が微《かす》かに響くばかり」の海辺。

（『真昼』）

「濤声と椰子の葉摺《はずれ》の音を聞くのみ」の夜。

（『南洋の日記』九月二十七日）

このような空気や風物、時間のなかで、南洋の日々を生きるのであった。

九月二十五日には、公学校の視察のあと、一人クサイのレロ城址に行き、熱帯の妖気を見ている。

……熱帯樹下の甃《イシダタミ》路。迂余曲折して続く。石の塁壁、古井戸。苔、羊歯類の密生。蜥蜴。蜘蛛の巣。椰子。巨大なる榕樹二本。纍々たる石ころの山。椰子の実の芽を出せるもの、腐敗せるもの。巨蟹。水溜の蝦。燕の倍位ある黒き鳥、木の実をついばむ。

人を恐れず。静寂。葉洩陽点々。時に鳥共の奇声を聞く。再び闃《げき》として声なし。熱帯の白昼却つて妖気あり。佇立久しうして、覚えず肌に粟を生ず。その故を知らず。

十一月二十四日、公学校の授業見学のあと、敦は、チャモロ部落入口の墓地を覗いている。

十字架の群れの中央に一基の石碑がある。

「バルトロメス庄子光延之墓」

とある。

日本人で、加特力《カトリック》教徒である者の墓のようである。

……裏を見れば、昭和十四年歿、九歳とあり。十字架にかけし花輪どもの褐色に枯れしぼみたる。枯椰子の葉の海風にはためける。濤声の千古の嘆を繰返せる。すべて、もの哀しきこと限りなし。

九歳といえば、桓と同い年である。九歳で、南海の島で死んでいった見知らぬ子どもの墓の前に立ち尽くし、もの哀しさに堪えかねる敦であった。

島民との数々の出会いもあった。

昭和十七（一九四二）の一月十九日、一軒の家に立ち寄ると、赤ん坊に乳をふくませる若い女がいた。

「妙に煽情的なる所あり。」と日記に記している。

これが、『夾竹桃の家の女』になったのであろう。

この作品では、島民の女の誘惑に陥りそうになりながら、ようやく踏みとどまった経験が書かれている。

「上半身すつかり裸体で、鳶足《とんびあし》に坐つた膝の上に赤ん坊を抱いてゐる」女が、「稍〻《(やや)》反《そ》り気味な其の姿勢で、受け口の唇を半ば開いた儘《(まま)》、睫《まつげ》の長い大きな目で、放心したやうに此方を見詰めてゐる。」「熱病めいた異常なもの迄が、其の眼の光の中に漂つてゐるやうで」あった。

「女の凝視の意味が漸《ようや》く判つて来た」時、「泥酔したやうな変な気持」になった。誘惑の「其の危険から救つて呉れたものは、病後の身体の衰弱であつた。」身体の衰弱がなかったら、どうなっていたか、わからなかった。

『寂しい島』は、島の中央にタロ芋田が作られ、その周囲に防風林、その外側に椰子林、それから白い砂浜、海、珊瑚礁と続く。

「美しいけれども、寂しい島」である。

人口は、百七、八十。今年五歳になる女の児が一人いるほかは、二十歳以下の者は一人もいない。死んだのではなく、絶えて生まれなかったのである。

この島の姿を見つめながら、やがて確実にやってくる、島民たちの死に絶えたあとの情景を想像する佳品である。

敦の心の奥から湧き上がってくる、「荒々しい悲しみに似たもの」が、迫ってくる文章である。

『マリヤン』は、マリヤンという、三十に間がある島民の女との出会いである。

土方久功に、「僕のパラオ語の先生」と紹介された女で、コロール島第一の名家に属し、東京の女学校に二、三年いたことがあり、厨川白村《くりやがわはくそん》の『英詩選釈』や、岩波文庫の『ロティの結婚』(ピエール・ロティ著・津田穣《つだゆずる》訳)を読んでいる。

敦が、「恐らく、マリヤンは、内地人をも含めてコロール第一の読書家かも知れない」と思うほどのインテリである。

大柄で、見事な身体をしている。

五歳になる女の児がいるが、離婚していて、夫はいない。

土方久功を「をぢさん」と呼び、敦を、久功の真似をして「トンちゃん」と呼んでいる。

マリヤンは、いつかトンちゃんが好きになっていた。

昭和十七年三月、敦と久功が揃って一時内地へ出掛けることになった時、鶏をつぶしてパラオ料理の御馳走をしてくれる。

二人が、「いずれ又秋頃迄には帰つて来るよ」と言うと、

「をぢさんはそりや半分以上島民なんだから、又戻つて来るでせうけれど、トンちゃんはねえ。」と言い、

「内地の人といくら友達になつても、一ぺん内地へ帰つたら二度と戻つて来た人は無いんだものねえ。」

と、しみじみと言った。

マリヤンの言ったとおり、敦は二度と戻ることはなかった。

二人が内地へ帰ってから、マリヤンから来る久功への便りには、その都度、トンちゃんの消息を聞いて来ていたという。

敦は、内地に帰って、肋膜になる。彼の地へ戻ることは、「到底覚束無い」し、土方は、結婚して、東京に落ち着くことになった。

『マリヤン』は、

「マリヤンが聞いたら何といふだらうか?」

で結ばれている。

マリヤンと別れて、パラオを出帆したのは三月四日、敦は、そのちょうど九ヵ月後の十二月四日に、この世を去った。

マリヤンが、敦の死を聞いた時、何と言っただろうか。

敦が、パラオを去って三十年目。南洋群島へ飛んで、調査した上前淳一郎《うえまえじゅんいちろう》によれば、マリヤンは、一九七一年五月十六日に、肝臓を病んで、死んでいた。五十四歳であったという。

『ナポレオン』は、久功の『南島離島記』に負う作品である。

敦の昭和十六年十二月十九日の日記に、

……夜、土方氏方に到り、南方離島記の草稿を読む、面白し。「プール島（人口二十に足らず）に、パラオより流刑に会ひし《ママ》無頼の少年あり、奸譎《かんきつ》、傲岸《ごうがん》、プール島民を頤使《いし》す、已《すで》に半ばパラオ語を忘る。この少年の名をナポレオンといふと」

とある。

敦は、土方久功の草稿によって、「ナポレオン」を知り、この無頼の少年を描いた一編の作品にしたのである。

『鶏』の話は、久功の昭和十七年一月二十日の日記に記されている。

コロールのアラバケヅ部落のギラメスブヅ爺さんは、「顔の下半分が、真白とまでゆかない汚れた髯にうずまり、ぎろぎろときつい眼を」しているが、「表情とは似ない優しい心を」持っている。彫物が上手で、久功の頼むものを丹念に彫って届けてくれる。

爺さんは、何かわからない、下腹がはって、のべつ痛む病気になった。汚れたさらし木綿で下腹を縛って、その帯の間に手を突っ込んで、押さえているのであった。

久功が、久しぶりに見舞いに行くと、爺さんは、訴えた。

病院で、もう癒るまいと言われたので、ウギワルのレンゲのところに行ったら、病院の許しを得て来なさいといわれた。病院のお医者様に、そんなことを言うのは怖い。何とか行けるようにしてくれないかと言うのである。

レンゲは、独逸人の宣教師で、施薬もしている。

久功は、病院長と親しくしているので、爺さんがレンゲのところへ行くことを了解してもらおうと、その話をすると、「あれはもう駄目なのだから思うようにさせてやるがいい。」と言った。

たったこれだけのことを、爺さんがどんなに恩に思っていたかを、久功は、後になって知るのである。

……爺さんは、ウギワルに行つて間もなく亡くなつたが、其後、或日私の処に見知らない島民の若者が来て、一羽の生きた鶏を出し、「私はギラメスブヅの使いの者です。爺さんは亡くなりましたが、亡くなる前に、私に、先生の所に鶏を届けて呉れと云いましたので、持つてきました」というのである。私は爺さんの最後をあわれみ、死ぬまで私を忘れないでくれた事に感動した。

ところが、其の翌日にまた、一人の見知らない島民が来て、これも一羽の雄鶏を出して、前と同じ口上を述べるのだつた。


久功は、目頭があつくなるのであった。

でも、まだ済まなかった。

一日置いた翌々日、またウギワルの青年というのが来て、またまた生きた鶏を置いて行ったのである。爺さんは確かな上にも確かであるようにとの心から、二人にも三人にも、それも念を押して同じことを言いつけたものとみえた。

久功の、この感動的な体験を、敦は、ほとんどそのまま書いたのである。


『夫婦』の、ヘルリスという、痴情にからむ女同士の喧嘩や、モゴルという未婚女の男性への奉仕という習慣も、久功から聞いたものであろう。

昭和十七年十一月十五日、第二創作集として、『南島譚』が、「今日の問題社」より刊行された。

敦は、この本を久功に贈っていない。
タカに、「恥ずかしいから」と言った。

十八

深田久彌は、敦が南洋へ出発の前に託して行った二つの原稿を、ゴタゴタした日常事に追われて、長い間読まずにおいた。

半年も経ったある夜半、ふと思い出して、その一つを読みにかかり、たちまちその中に引き込まれた。読み終わった時、溜息に似た感歎の声を漏らした。この原稿の一番上の用紙の中央に、『古譚』と記されてあった。

深田は、これを「文学界」に推薦し、当時、編集を担当していた河上徹太郎に採用してくれるように頼んだ。

河上は、『山月記』と『文字禍』を『古譚』と題して、「文学界」昭和十七年二月号（文藝春秋社発行）に掲載した。

深田久彌は、

もし私がもっと早く、君が南洋へ行く決心をする前に、この原稿を読んで、私の無条件降伏的な感服を君に伝え、もっと早くその作品を明るみに出すことが出来たら、どんなに君を勇気づけ喜ばせたことだろう。この俊英な才能が文壇に芽を出す時期をおくらせたのは、私の責任と言えよう。申しわけない。

と後悔し、謝っている。

『山月記』は、唐の李景亮《りけいりょう》の『人虎伝《じんこでん》』によった、人間が虎になる話である。

敦が依拠したのはどの本であったか、確かではないが、清《しん》の陳蓮塘《ちんれんとう》の編集した『唐人《とうじん》説薈《せつかい》』（一名、「唐代叢書《とうだいそうしょ》」ともいわれる）の『人虎伝』で、『國譯漢文大成』（大正九年十二月、國民文庫刊行會編）の第四巻文學部第十二巻の「晉唐《しんとう》小説」（「国譯晉唐小説」は、塩谷温《しおのやおん》訳註）に収められているものと考えられる。

北宋の太宗の勅命で、李昉《りほう》が漢の五代に至る小説を集めた『太平広記《たいへいこうき》』に収められている『李徴』には、「偶因狂疾成殊類」で始まる七言律詩が無い。

『山月記』が収録されている第一創作集『光と風と夢』が、昭和十七年七月十五日、筑摩書房から刊行されると、敦はその一冊を、当時、旧制・甲南《こうなん》高等学校（現・甲南大学）教授で、芦屋市にいた氷上英廣に送っている。

氷上からの、八月九日付の返事の葉書がある。

「光と風と夢」頂戴した。いま家中で読んでゐる。（字がむづかしいさうだ）山月記は漢文大成の「晉唐小説」にあるものだらう。いつか僕も、小説になほさうと思つて二三枚書いたことがあり、不思議な気がした、（後略）

氷上は、敦が依拠した本を言い当てている。

氷上も、「小説になほさうと思つて二三枚書いた」というのである。和訳ではなく、小説を書こうとしたのだ。

ことによったら、氷上の『山月記（?）』もあったかもしれないのである。のちにニーチェ研究の第一人者となる氷上は、小説に直して、何を書こうとしたのであろうか。

『山月記』は、冒頭から、一気に、李徴《りちょう》の姿を浮かび上がらせる。

隴西《ろうさい》の李徴は博学才穎《さいえい》、天宝の末年、若くして名を虎榜《こぼう》に連ね、ついで江南尉に補せられたが、性、狷介《(けんかい)》、自ら恃《(たの)》む所頗《(すこぶ)》る厚く、賎吏に甘んずるを潔しとしなかつた。

いくばくもなく官を退いた後は、故山、虢略《かくりゃく》に帰臥し、人と交を絶つて、ひたすら詩作に耽《（ふけ）》つた。下吏となつて長く膝を俗悪な大官の前に屈するよりは、詩家としての名を死後百年に遺そうとしたのである。

しかし、貧窮に堪えず、妻子の衣食のために、一地方官吏になったが、かつての同輩は既に遥か高位に進み、彼が昔、鈍物として歯牙にもかけなかった連中の下命を拝さねばならなかった。彼は怏々《おうおう》として楽しまず、狂悖《きょうはい》の性はいよいよ抑え難くなった。一年の後、公用で旅に出、汝水《じょすい》のほとりに宿った夜、遂に発狂し、闇の中へ駆け出して、二度と戻って来なかった。

翌年、かつて同年に進士の第《だい》に登り、友人の少なかった李徴にとって最も親しい友であった袁傪《えんさん》が、監察御史《かんさつぎょし》になり、勅命を奉じて嶺南《れいなん》に使し、途に商於《しょうお》に宿った翌未明のことである。残月の光の下で、虎と化して林中の叢に姿を隠している李徴と話すのである。

李徴は、一部なりとも後代に伝えないでは、死んでも死に切れないと、自作の詩を、袁傪に書き取ってもらう。

そして、虎と袁傪は、次のように別れるのである。

お別れする前にもう一つ頼みがある。それは我が妻子のことだ。彼等は未だ虢《かく》略《りやく》にゐる。固より、己の運命に就いては知る筈がない。君が南から帰つたら、己は既に死んだと彼等に告げて貰へないだらうか。決して今日のことだけは明かさないで欲しい。厚かましいお願だが、彼等の孤弱を憐れんで、今後とも道塗《どうと》に飢凍《きとう》することのないやうに計らつて戴けるならば、自分にとつて、恩倖《おんこう》、之に過ぎたるは莫《な》い。

言終つて、叢中から慟哭の声が聞えた。

袁傪《えんさん》は叢に向つて、懇《ねんご》ろに別れの言葉を述べ、馬に上つた。叢の中からは、又、堪へ得ざるが如き悲泣の声が洩れた。袁傪も幾度か叢を振返りながら、涙の中に出発した。

一行が丘の上についた時、彼等は、言はれた通りに振返つて、先程の林間の草地を眺めた。忽ち、一匹の虎が草の茂みから道の上に躍り出たのを彼等は見た。虎は、既に白く光を失つた月を仰いで、二声三声咆哮したかと思ふと、又、元の叢に躍り入つて、再び其の姿を見なかつた。

これは、『人虎伝』、そのままではない。

『人虎伝』にある、次のようなところは、切り捨てている。

李徴の僕者《しもべ》が、其の乗馬を駆り、其の嚢槖《のうたく》を挈《たずさ》えて遠く遁れ去ったところ。……

李徴が虎となって、一日《いちじつ》、婦人の山下従《よ》り過ぎるを見つけて、餒《うえ》が迫っていたので、遂に取って食う。殊に甘美であったというところ。……

袁傪が、饑《う》えている虎の李徴が食べるために馬を一匹贈ろうと言うところ。……

かつて一孀婦《そうふ》（寡婦）と私《わたくし》した。其の家族がこのことを知って、我を害しようとしていたので、孀婦と逢えなくなった。それで、風に乗じて火を縦《はな》ち、一家数人、尽《ことごと》く之れを焚き殺したと告白するところ。……

袁傪が己の俸《ほう》を以って、徴の妻子に給し、饑凍《きとう》を免れしめたというところ。……

等々である。

敦は、原文を削り、書き変え、書き加え、まったく自分の文章にして、自らの作品を生んだのである。

李徴の、産を破り、心を狂わせてまで執着した詩業の業《ごう》を書き、「臆病な自尊心と尊大な羞恥心」と自ら断じ、飢え凍えようとする妻子のことよりも、己の乏しい詩業の方を気にかけているような男だから、こんな獣に身を堕《おと》すのだという悔恨を、書く。

そして、次は、詩の神髄に迫った作家にして、初めて書き得た一節である。

叢の中から朗々と響く李徴の声を聞きながら、
長短凡そ三十篇、格調高雅、意趣卓逸、一読して作者の才の非凡を思はせるものばかりである。しかし、袁傪は感嘆しながらも漠然と次の様に感じてゐた。成程、作者の資質が第一流に属するものであることは疑ひない。しかし、この儘では、第一流の作品となるのには、何処か（非常に微妙な点に於て）欠ける所があるのではないか、と。

袁傪は思うのである。

「何処か（非常に微妙な点に於て）欠ける所があるのではないか」は、芸術の深奥の境界を見ていた敦によって、初めて書き得た言葉である。

『人虎伝』と、決定的に違うところである。

『山月記』は、詩に烈しく執着して、人と交わりを絶ち、妻子を捨て、異類になってしまった李徴の運命を書こうとしたのではない。異類になるまでに執着しても、なお芸術の深奥に至り得なかった詩人の悲劇を、書いたのである。

この一点を書くことによって、『山月記』は、人が虎になった話という怪奇小説の域を超えて、第一級の文学作品になった。

李徴は、「この虎の中に、まだ、曾ての李徴が生きてゐるしるしに」今の懐《おもい》を即席の詩に述べる。

袁傪は、下吏に命じてそれを書き取らせた。

偶因狂疾成殊類　災患相仍不可逃
今日爪牙誰敢敵　当時声跡共相高
我為異物蓬茅下　君已乗軺気勢豪
此夕渓山対明月　不成長嘯但成嗥

この詩の最初の一句の
「偶《たまたま》狂疾に因《よ》りて殊類《しゅるい》と成る」
の李徴の「狂疾」は、まさに敦の「狼疾」であろう。
文章は確固として明晰、詩人の悲痛を描き、芸術の本質に衝迫して、醇乎たる作品となった。

ここに至って、虎になった李徴は、中島敦になった。叢の中の悲泣の声は、敦の悲泣の声であった。

後に、タカは、

「あの虎の叫びが主人の叫びに聞こえてなりません。」

と嘆いた。

『文字禍』は、文字の霊についての話である。

アッシリヤのアシュル・バニ・アパル大王は、毎夜、図書館の闇の中で、ひそひそと怪しい話し声がするというのは、書物ども或いは文字どもの話し声と考えるより外はないので、老博士ナブ・アヘ・エリバを召して、この未知の精霊についての研究を命じた。老博士は、楔形文字の彫られた瓦の倉庫のような図書館のなかで、研究に没頭していたが、文字の精霊に犯され、ついにニネヴェ・アルベラの地方を襲った大地震の時、夥しい書籍――数百枚の重い粘土板が落ちてきて圧死した。

……というのである。

敦もまた、文字の精霊に取り憑かれた人であった。粘土板の下になって圧死しても、おかしくない人であった。

敦に、昭和十四年五月五日、三十一歳の誕生日に詠んだ五言律詩がある。

五月五日自哂戯作　　五月五日自ら戯作を哂《わら》う

行年三十一　　行年《こうねん》三十一
狂生迎誕辰　　狂生誕辰《きょうせいたんしん》を迎う
木強嗤世事　　木強《ぼっきょう》にして世事を嗤《わら》い
狷介不交人　　狷介《けんかい》にして人と交わらず
種花窮措大　　花を種《う》うる　窮措大《きゅうそだい》
書蠹病痩身　　書蠹《しょと》　病痩身
不識天公意　　識《し》らず　天公の意
何時免赤貧　　何《いず》れの時にか赤貧を免《まぬが》れん

自らを狂生と称し、木強、狷介、かたくなに自らを守って、世人と妥協することのない自己の姿を詠う。窮措大は、貧しい書生。書蠹は、紙魚《しみ》であり、敦もまた、書蠹であった。文字の精霊に取り憑かれ、天意を識らず、赤貧を免れることができなかったのである。

「無慙《むざん》にも圧死した」老博士の運命に、自分を重ね合わせて見ていた。

十九

三月、急に、東京転勤という意が含められていたと思われる内地出張になった。たまたま土方久功も内地に帰ることになり、二人は一緒に、三月四日パラオ発のサイパン丸に乗船して、十七日横浜港に上陸した。

敦は、東京市世田谷區世田谷一ノ一二四（現・世田谷区世田谷四‐八‐一〇）の父田人の家に着いた。

タカや、二人の子どもが待っていた。八ヵ月半余の南洋生活であった。

敦は、帰って来て初めて、「文学界」二月号に、『古譚』（『山月記』『文字禍』）が掲載されて、好評を博しているのを知った。

知らないうちに、自分が文壇に登場していたのである。

世田谷の家は、玉電《たまでん》（玉川電車。現在の東急世田谷線）「世田谷《せたがや》」駅の北側すぐのところにあり、昭和七年、百二十五坪の借地に古い家が建っていたのを、田人が買ったものである。ヒバの垣根があった。

一階に、八畳、六畳、四畳半、台所、風呂、便所があり、二階に、六畳が二間あった。この家に、父田人と、妻タカと桓、格の二人の子ども、妹澄子が一緒に住んでいた。

三月の東京はまだ寒く、熱帯の南洋から帰った敦の体にはこたえた。すぐ喘息、気管支カタルを患い、病を養う日々となった。六月になって、ようやく快復した。

南洋から帰って来たことを気にしていた。

「南洋庁をやめて、すまなかつた。南洋に行つても、旅行をしただけで、何も出来ずに、悪かつた。」

敦は、友人にもらしている。

南洋では、ほとんど原稿を書くことはなかった。持って行ったたくさんの原稿用紙は、空白のまま持ち帰った。

「文学界」五月号に、『ツシタラの死』が、『光と風と夢』と改題されて、掲載された。これは、南洋へ行く前に、『山月記』『文字禍』などとともに、深田久彌に託されてあったものである。

「ツシタラ」は、サモア語で、物語作者のことだという。

若くして肺を病んだイギリスの小説家ロバアト・ルウキス・スティヴンスンが、一八九〇年から南太平洋のサモア島に定住し、一八九四年十二月三日、四十四歳で「肺臓麻痺を伴ふ脳溢血」で死ぬまでの生活を書いたものである。敦が南洋に渡ったのは、この作品を書き上げた後のことで、南洋を一度も見ることなくして書かれたのである。

深田は、この作品にも甲《かぶと》を脱いだ。スティヴンスンの告白の中に、中島敦を感ぜずに読みすぎることはできなかった。

深田は、「文学界」に推薦した。

編集の河上徹太郎は、題名の変更と、長すぎるから半分ぐらいに縮めたいと言ってきた。深田は反対だったが、敦が南洋から帰って来たので、作者に一任することになった。改題した『光と風と夢』は、敦の案であった。

この年の第十五回芥川賞は、候補作の中から、石塚友二『松風』と中島敦『光と風と夢』の二作が最後に残ったが、結局「該当作無し」となった。

川端康成、室生犀星の二人は、『光と風と夢』を受賞作に推した。しかし、滝井孝作、小島政二郎、宇野浩二、佐藤春夫、菊池寛、横光利一、久米正雄等は推さなかった。

深田久彌は、

芥川賞選定の歴史で、昭和十七年上半期は大きな失策を残した。授賞作品ナシという決定である。そして後世に残る二名作が見落されたのだ。それは『光と風と夢』と、石塚友二君の『松風』とである。この夏は異常な暑さであった。私はきっと選衡委員諸氏がこの暑さと戦争騒ぎで少し呆けていたのだろうと思う。

と批判している。

このころ、敦は、自分の作品について、タカに、

「佐藤春夫なんかにはわからないだろう。」と言っている。

敦は、自分の作品が、多くの人に本当にわかって貰えるとは思っていなかった。

スティヴンスンの著作のなかに、『YOSHIDA-TORAJIRO』(吉田寅次郎)と題する、吉田松陰伝がある。

松陰刑死の前年の安政五年(一八五八)、十三歳で萩の松下村塾に入り、松陰の教えを受けた正木《まさき》退蔵《たいぞう》は、明治になってイギリスに留学した。一八七八年(明治十一年)夏、エディンバラ大学のジェンキン教授宅の晩餐会に招かれた席で、スティヴンスンに会う。

正木は三十二歳、スティヴンスンは二十八歳であった。

スティヴンスンは、正木が熱誠を込めて、師・松陰について語るのを聞いて、心を動かされた。

彼は、正木に正しながら、『YOSHIDA-TORAJIRO』（吉田寅次郎）を書いたのである。

吉田松陰（寅次郎）は、安政五年（一八五八）、萩に幽閉、投獄されていたが、翌安政六年七月、江戸に護送されて、伝馬町《てんまちょう》の獄で、十月二十七日四ツ時（午前十時）死刑（斬首）に処せられた。享年二十九。

遺骸は、小塚原回向院《えこういん》下屋敷常行庵に葬られたが、文久三年（一八六三）一月五日、高杉晋作、伊藤利助（博文）らによって、長州藩の土地があった荏原《えばら》郡若林《わかばやし》村に改葬された。

明治十五年（一八八二）、墓畔に社《やしろ》が建てられた。松陰神社である。

この松陰神社（世田谷区若林四丁目三五番一号）と、敦の最後の住居となった世田谷區世田谷一丁目一二四番地（現・世田谷区世田谷四丁目八番一〇号）の家とは、徒歩十分くらいの距離である。

不思議なつながりと言えるであろう。

『かめれおん日記』は、敦が、南洋へ行く前に書き上げていた作品である。

巻頭に、韓非子《かんぴし》の章句を載せている。

蟲有蚘者。一身兩口、争相齕也。遂相食、因自殺。

——韓非子——

蚘《カイ》は、人間の消化器官のなかを這い回っている細長い虫である。それには、一身に口が二つあって、争って相齕《か》み、遂に相食らい、自らを殺してしまうというのである。奇怪な虫である。

主人公は、この蚘と同じ疾《やまい》を病んでいる。

この韓非子の章句を掲げてから、博物の教師である「私」は、生徒の一人が、親戚の船員のものがカイロか何処かで貰って来たのだといって、学校に持ってきたカメレオンを飼い始める話から書き起こしている。

しかし、これは、カメレオンの飼育日記ではない。おのれ自身の心の飼育日記である。「この十年間一晩として服用しないでは済まない喘息の鎮静剤」を服用している。発作に襲われると、夜半、アドレナリンを注射し、朝にエフェドリン錠を服用しながら、俺は一体何処にある？

と、考え、

近頃の自分の生き方の、みじめさ、情なさ。うぢ〳〵と、内攻し、くすぶり、我と我が身を噛み、いぢけ果て、それで猶、うすつぺらな犬儒主義《シニシズム》だけは残してゐる。

身体を二つに切断されると、直ぐに、切られた各〻の部分が互ひに闘争を始める虫があるさうだが、自分もそんな虫になつたやうな気がする。

と、自己の内面を剔《えぐ》っている。

『中島敦全集』の「解題」によれば、種々題を改めた上に張紙をして、「蟲疾」の文字が大書されている。

敦は、『過去帳』の題のもとに、『かめれおん日記』では「蟲（虫）疾」を、『狼疾記』では「狼疾」の、自ら病んでいる二つの烈しい疾《やまい》を書いたのである。

『過去帳』としたのは、この疾を背負って生きている自己を凝視するとともに、過去のものとして、この疾と訣別《べいべつ》したいという願いと、しかし、この疾から逃れられない嘆きが込められているのであろう。

『かめれおん日記』には、また、敦が提起している重要な問題がある。

「暴力」についてである。

まことに意気地の無い話だが、私は、暴力——腕力に対して、まるで対処すべき途を知らぬ。勿論、それに屈服して相手の要求を容れるなどといふ事は意地からでもしないけれども、たとへば、殴られたやうな場合、どんな態度に出ればいいのだらう。此方に腕力が無いから殴り返す訳には行かぬ。

暴力への恐怖は動物的本能だとか、暴力の実際の無意義さとか、暴力行使者への軽蔑とか、そんな議論は此の際三文の値打もなく、私の身体は顫《ふる》へ、私の心は只もう訳もなくベソをかいて了ふのである。

相手に対抗し得る腕力・権力を有《も》たないでゐて、(或ひは有《も》つてゐても、それを用ひずに)唯精神的な力だけで悠揚と立派に対処し得る人があれば、尊敬しても宜《よ》

い。色々な有名な人物
いと思ふ。それはどんな方法によるか、私には想像もつかない。色々な有名な人物を考へて見ても、その社会的な背景を剥ぎ去つて暴力の前に曝《さら》した場合に立派に対処できさうな人は中々思ひ当らないやうだ。

力弱き者が、暴力にどう対処したらよいか。

敦には、わからなかった。だれにも、わからないのである。

これは、人類永遠の課題である。人類の歴史は、暴力が支配してきた歴史である。

敦は、この思索の彼方に、「精神的な力だけで悠揚と立派に対処し得る」宗教的世界を望んでいたのではないか。

『悟浄歎異』のなかで、暴力に対して為す術も知らぬ、自己防衛の本能がない、弱い弱い三蔵法師の姿に、もっとも崇高なものを見ているのである。

南洋へ行く前から書き始められていた『悟浄出世』『悟浄歎異』(『わが西遊記』)を、帰京後、小康を得て、完成させたと思われる。


『悟浄出世』

悟浄は、流沙河《りゅうさが》の河底に栖《す》んでいる妖怪《ばけもの》の一人。

「常に、自己に不安を感じ、身を切刻む後悔に苛《さいな》まれ、心の中で反芻される其の哀しい自己苛責が、つい独り言」となる。

「一体、魂とは何だ？」という疑問を持ち、この河底に栖《す》むあらゆる賢人、医者、占星師に教えを乞うて遍歴する。

しかし、何も解決しない。

疲れ切って、道端に倒れて、深い睡りに落ちる。やがて、夢とも幻ともつかぬ世界で合った観世音菩薩摩訶薩《まかさつ》に、「悟浄よ。爾も玄奘に従うて西方に赴け。」と言われる。

玄奘《げんじょう》法師が天竺国大雷音寺《てんじくこくだいらいおんじ》に大乗三蔵の真経《しんぎょう》をとらんと赴くのである。悟浄は、玄奘法師に値遇《ちぐう》し、其の力で、水から出て人間と成りかわることができた。そして、法師に従い、法師の弟子の聖天大聖孫悟空《そんごくう》や天蓬元帥猪悟能《ちょごのう》（猪八戒《ちょはっかい》）と共に、新しい遍歴の途に上るのである。

ここには、敦の心の、どこへ行っても解決しない、哲学的な探求、遍歴の様が写し出されている。

『悟浄歎異』
悟浄は、悟空、八戒と共に、三蔵法師に従って、西方《さいほう》に赴く。
そこで、悟浄は、真の三蔵法師の姿を見るのである。

三蔵法師は不思議な方《かた》である。実に弱い。驚く程弱い。変化の術も固《もと》より知らぬ。途で妖怪に襲はれれば、直ぐに摑《つか》まつて了ふ。弱いといふよりも、まるで自己防衛の本能が無いのだ。此の意気地の無い三蔵法師に、我々三人が斉《ひと》しく惹かれてゐるといふのは、一体どういふ訳だらう?

悟浄は考える。

私は思ふに、我々は師父のあの弱さの中に見られる或る悲劇的なものに惹かれるのではないか。之こそ、我々・妖怪からの成上り者には絶対に無い所のものなのだから。三蔵法師は、大きなものの中に於ける自分の（或ひは人間の、或ひは生物《いきもの》の）位置を――その哀れさと貴さとをハッキリ悟つてをられる。しかも、其の悲劇性に堪へて尚、正しく美しいものを勇敢に求めて行かれる。

何時何処で窮死しても尚幸福であり得る心を、師は既に作り上げてをられる。

また、師にとっては、この世に、打開しなければならないものなどは、何も無い。

打開する必要が無いのだから。

である。

師にとって、必然と自由とは、同じである。

師父は何時も永遠を見てゐられる。それから、その永遠と対比された地上のなべてのもの《いゝ》の運命《さだめ》をもはつきりと見てをられる。何時かは来る滅亡《ほろび》の前に、それでも可憐に花開かうとする叡智《ちえ》や愛情《なさけ》や、さうした数々の善きものの上に、師父は絶えず凝乎《じっ》と愍《(あわ)》れみの眼差を注いでをられるのではなからうか。

敦の宗教的思惟、心情は、ここまで高められていた。

三蔵法師の、弱さのなかにある高貴な美しさ、必然こそが自由そのものであり、打開しなければならないものなど何も無い、あるがままの境界、何時何処で窮死しても、なお幸福であり得る世界に、憧憬していたのである。

『悟浄歎異』は、その三蔵法師の姿を求めて書かれた作品である。

敦は、この作品を書くに当たり、ゲーテの『ファウスト』や、ニーチェの『ツアラトゥストラはかく語りき』を念頭に置いていた。

『和歌《うた》でない歌《うた》』の「遍歴」のなかで、敦は、「ある時はゲエテ仰ぎて吐息し」、「ある時はツアラツストラと山に行」って、鷲と遊んだと歌っている。

しかし、この三蔵法師の心の世界は、親鸞《しんらん》の「自然法爾《じねんほうに》」にも通じるものがある。

唯円《ゆいえん》の編といわれる親鸞の語録『歎異抄《たんにしょう》』は、敦の蔵書のなかにあり、読んでいたことは確かである。「歎異」の語は、この『歎異抄』から採ったと考えられる。

中島家は神道《しんとう》の家であるが、敦は孔孟老荘の思想を追求すると共に、仏教にも深い関心を持っていた。

六月二十四日、師孔子と、衛に赴いて敵の刃の下で壮絶な最期を遂げる弟子、子路を書いた『弟子』を脱稿した。

七月、第一創作集『光と風と夢』が筑摩書房より刊行された。

印税は、六六〇円であった。敦が昭和八年四月、横浜高等女学校教諭になった時の初任給は、月給六〇円であり、のち一〇〇円になるが、この給料と較べれば、半年分以上の額である。

その印税で、敦はたった一度、タカに着物を買ってやった。渋谷《しぶや》の東横《とうよこ》百貨店で、小千谷縮《おぢやちぢ》みの着物、博多帯《はかたおび》、帯留め、草履、パラソル、子どもたちには、洋服を買った。

父田人には、絽《ろ》の夏袴を買った。

澄子さんには、二十円呉れた。澄子さんは、すぐには使わないで、大事にしまった。

敦は、さらなる創作への意欲に燃えた。

玉電「世田谷」駅のすぐ南に、パン屋があった。パンを買うのに、近所の主婦たちが並んでいた

タカも列に並びながら、本を読んでいた。

近所の主婦が、

「何をお読みですの。」と聞くと、

「主人が書きましたの。」

タカは少しはにかみながらも、誇らしげに答えた。

夏休みになってすぐ、敦はタカと二人の子どもと共に、タカの実家の愛知県の新池へ行った。敦は一日だけで、妻子を残して、東京へ帰った。

その帰る日の朝、無線電信の高い塔が立っている方へ歩いて行く敦が、タカには、近寄り難いような、遥かな人のように見えた。

八月、妻子を愛知県の実家に帰している間に、何を決意したのであろうか、敦は、大量の原稿、ノート類を焼却した。

その日は、田人は、碁会所かどこかへ出かけていて、家には、敦と澄子さんの二人だけであった。

敦は、大量の原稿などを持ち出してきて、澄子さんに、これを焼くように言った。

澄子さんは、惜しいと思ったが、兄の言うことには逆らえなかった。

庭の隅で、マッチに火をつけた。なにが書いてあるのだろうと思って、中を見ようとしたら、敦が、縁側から、

「見るな。早く、焼け。」

と、怒鳴った。

言われるままに、澄子さんは時間をかけて、これだけで風呂が沸きそうなほどの原稿類を焼いた。

燃やし終わった時、澄子さんは、ほんとうに惜しいことをしたと思った。

八月末、辞表を提出し、九月七日、願いに依り本官を免ぜられた。

いよいよ、原稿を書いて生活ができそうな見通しになった。

二十

敦は、十四歳年下の美しい妹澄子さんを愛した。共に、母親の愛を知らない同士であったから、いっそういとおしく思ったのであろう。

澄子さんを、横浜では、外人墓地へ連れて行った。外人の墓を説明したり、海を眺めたりしながら、二人で逍遥した。仲のよい兄妹であった。

歌舞伎座や、築地《つきじ》小劇場へも連れて行った。築地小劇場では、森雅之《もりまさゆき》が出ていた。

そんなある日の帰りに、二人で銀座の白十字《はくじゅうじ》へ入った。

敦は、

「何がいい。」

と聞く。

「ミルク。」

妹の答えに、

「澄子には全く参っちゃうよ、ミルクだなんて。」

敦は笑った。

新宿の高野《たかの》で、ショートケーキを食べさせてもらったこともあった。

澄子さんの懐かしい思い出である。


昭和十七年九月三十日、澄子さんは共立《きょうりつ》女子専門学校を卒業した。

十月初め、田人は、二番目の妻であり、澄子さんの母であるカツの遺骨を東京に移すため、澄子さんを連れて二人で、奈良へ行った。

カツは朝鮮京城で死んだが、遺骨は奈良の秋篠寺《あきしのでら》脇の墓地に埋葬されていた。ここは、この近くに住んでいるカツの弟の家の墓地であった。葬儀に参列した弟が持ち帰ったのであろう。

澄子さんは、自分が生まれて六日目に亡くなり、全く記憶のない生母カツの骨壷を、初めて見た。

田人と澄子さんは、カツの弟の家に温かく迎えられ、一週間ほど滞在した。

その間に、丹波市《たんばいち》(現・天理市《てんり》)のカツの生家を訪ねた。カツの姉が農家をしていた。

それから二人は、石上神宮《いそのかみ》や、法隆寺、明日香《あすか》等を回った。

大和《やまと》には、柿が実っていた。

田人は、柿を買って、世田谷の家へ送った。敦は、西瓜《すいか》や胡瓜《きゅうり》は嫌いであったが、柿は大好きであった。

送られてきた柿の箱を開けると、柿は四十四個入っていた。

タカは、

「縁起の悪い数ね。」

と言った。

持ち帰ったカツの骨壷を見て、敦は、自分の生母チヨのことも思ったであろう。

カツの遺骨は、多磨《たま》霊園の中島家の墓地に埋葬された。

小康を保っていた敦の健康状態も、十月中旬よりおかしくなり、喘息の発作がひどくなった。

発作が激しい時は、呼吸困難になる。

「エフェ……、エフェ…」

敦は苦しい息のなかで、手を差し出すと、タカは急いでエフェドリンを持ってくる。

それを数錠服用すると、まもなく楽になる。この繰り返しで、心臓はしだいに衰弱していった。

十月末、『李陵』を一応書き上げたが、まだ、題名は付いていなかった。

このころ、敦の病状が悪化し、家から世田谷線の踏切を越えて、歩いて五、六分のところにある岡田医院に入院した。

岡田医院は、世田谷のボロ市通りの東端にあり、現在は世田谷中央病院になっている。

タカは、ほとんど付きっきりで看病した。

しかし、敦の死が、迫っているとは、敦本人も、家族も、だれも思っていなかった。

敦は、タカに、

「大丈夫だよ。」

と言い、

「よくなつたら、旅行しよう。」

と言った。

九月に共立女子専門学校を繰り上げ卒業して、家で家事をしていた澄子さんは、時々桓や格を連れて、兄を見舞った。

敦は、病床で、原稿の推敲や清書をしていることが多かった。すっかり頬がこけ、や

つれた敦が、

「書きたい。書きたい。もう一人自分がいればいいのに。」

と、しきりに言っていた。

澄子さんは、兄がかわいそうでたまらなかった。何の手伝いもできないことをすまないと思った。


十一月十五日、第二創作集『南島譚』が、「今日の問題社」より刊行された。

収録作品は、

『南島譚』(「幸福」「夫婦」「鶏」)

『環礁』

『悟浄出世』

『悟浄歎異』

『古俗』(「盈虚」「牛人」)

『過去帳』(「かめれおん日記」「狼疾記」)である。

十一月三十日、南洋で一緒だった土方久功が見舞いに来た。

南洋でも、喘息の発作が起きた時にしていたように、敦は布団を折り重ねて、それに寄りかかっていた。そんなに苦しそうでなかったので、久功は一時間ほど話して帰った。敦の死が、五日後に迫っていることを、久功は知るよしもなかった。

父田人は、いつもの喘息でそんなに心配するほどでもないと思って、敦を見に行くことはなかった。

十二月一日、『名人伝』が、「文庫」十二月号（三笠書房発行）に掲載された。

『名人伝』

趙《ちょう》の邯鄲《かんたん》の紀昌《きしょう》が、天下第一の弓の名人になろうと志を立て、百歩を隔てて柳葉を射るに百発百中するという達人・飛衛《ひえい》に射術を学び、奥儀秘伝を授かる。さらに、これ以上の蘊奥《うんのう》を極めようと、霍山《かくざん》の山巓《さんてん》に住む、古今を曠《むな》しゅうする斯道《しどう》の大家、年齢百歳を超える甘蠅《かんよう》老師を訪ね、九年の間、この許に留まって、不射之射《ふしゃのしゃ》を学ぶ。

山を降りた紀昌は、「至射《ししゃ》は射ることなし」の境に到り、無為《むい》にして化し、枯淡虚静の域に入って行った。容貌は、木偶《でく》の如く愚者の如きであった。

やがて、次第に老いて、煙のごとく静かに世を去った。弓のことをまったく忘れ果てて。

森鷗外の『寒山拾得』を思わせる作品である。

敦は、『悟浄歎異』『名人伝』で、至人の精神の深奥に迫っていった。清冽な至高の世界の三蔵法師、紀昌を書いた。

そして、『山月記』では、至り得ずして、異類になって悲泣する李徴を書いたのである。

死を間近にした、三十歳代半ばにも達しない敦は、烈しく心を燃え上がらせていたのである。

二十一

敦の死は、それから、間もなくのことであった。

容体が急変したのは、十二月四日の早朝であった。

午前六時、アドレナリンも効かなくなり、医者が注射をしようとしたが、注射液がタラタラ流れ出てしまい、背をなでていたタカの胸にどっと倒れて、息を引き取った。

三十三歳七ヵ月の生涯であった。

臨終に付き添ったのは、タカ一人であった。タカは泊りがけで付き添っていた。

さっきまで、苦しみに苦しんでいた人とは思えない、安らかな死に顔であった。フサフサした髪が額にかかり、眼鏡もかけ、生きた人のように、タカが膝に抱いて、人力車で家に帰った。

世田谷はこの朝、冷え込んで、道端や畑には、バリバリの霜柱が立っていた。家に帰っても、タカは小柄な敦の遺体を抱いたまま、

「お父ちゃま、お父ちゃま」

と呼びかけて、狂ったように泣き続けた。

六十八歳の父田人は、悲嘆にくれるばかりであった。

遺児の桓《たけし》は九歳で、世田谷《せたがや》區立桜《さくら》国民学校初等科三年生。格《のぼる》は二歳で、まだ話せなかった。桓は子ども心にも悲しみを隠し、格は人が集まってくるのを喜んでいた。

妹の澄子さんは、十九歳であった。

田人は、悲嘆の中ということもあるが、葬式をどうするかということなど、差配できない人であった。

三軒茶屋に、キリスト教プロテスタント派の伝道師をしている、田人の六歳上の兄翊《たすく》がいた。クリスチャンになったことで、神道家である父中島撫山から、勘当された。田人にチヨを世話した人である。その長男の正獻《まさたけ》が中心になって、葬式の世話をした。正獻は、東京帝国大学を出て、三井鉱山に勤めていた。

二歳の時から、学齢に達するまでの幼い敦を、わが子のように愛して育てたふみは、

八十五歳になっていたが、

「わたしが代わってやりたい。」

と言って、泣いた。二ヵ月半後に自分が死ぬとも知らないで。

友人では、釘本久春が世話をしていた。

吉田精一は、駆けつけると、

「陋屋といっていい小家での何とも淋しい光景で、集った親戚知人も何人もなかった。」

そして、寝棺の中で、顔面蒼白で縁《ふち》の厚く黒い眼鏡をかけている敦の死に顔を見た。

「陋屋といっていい小家」と吉田は書いているが、二階建ての家で、一階に八畳、六畳、4畳半の三部屋、二階に六畳が二部屋あったが、どの部屋も狭い廊下で仕切られていて、二間続きの部屋がなかったので、狭く感じたのであろう。吉田には、「小家」に見えたのである。

遺体は、一階の八畳間に安置された。

葬式は十二月六日、自宅で、神主を招いて神式により執り行われた。寒い、快晴の日曜日であった。

遺骨は、多磨霊園の中島家の墓地に埋葬された。

多磨霊園（当初は多摩墓地と呼ばれたが、昭和十年に改称された）は、大正十二年

（一九二三）造営のわが国最初の公園墓地で、売り出された時に、田人が買ったものである。

「中島氏寿域」と書かれた石碑の下に、遺骨は収められている。

この石碑の左手前の「中島敦」の碑は、敦の作品に惹かれて詣でる人が多くなったので、敦の墓所であることを示すために、折原澄子、中島タカの二人が建てたものである。

この碑の下には、遺骨は入っていない。


敦の死の翌月、昭和十八年一月、『章魚木《たこのき》の下で』が、船山馨らの同人雑誌「新創作」新年号に掲載された。ついで、『弟子』が、「中央公論」二月号に掲載された。

敦の作品『弟子』の題名と、中島敦の名前が載っている「中央公論」二月号の広告が、玉川電車（現在の東急世田谷線）の中に出ているのを、澄子さんは見た。

「兄はもう死んでしまったのに。かわいそうな兄。」

電車の中で、澄子さんは涙ぐみそうになっていた。

敦の死後、中島家を弔問した深田久彌は、タカから、まだ清書されていない分厚な一篇の原稿を渡された。

深田は、手にとって、見ると、

「今まで私のあずかった数篇の原稿は、いずれも一字の訂正もない奇麗なものだったのに、その原稿は、満身創痍と言いたいくらい、推敲で真黒になっていた。細かい字の書きこみは欄外にはみ出し、原稿用紙の裏にまで及んでいた。」

題も、ついていなかった。

草稿を家に持ち帰り、読み終わった深田は、あたりがシーンとするような感動を覚えた。

それは、次のように書き出されていた。

漢の武帝の天漢二年秋九月、騎都尉《きとい》・李陵は歩卒五千を率ゐ、邊塞遮虜鄣《へんさいしゃりょしょう》を発して北へ向つた。阿爾泰《アルタイ》山脈の東南端が戈壁《ゴビ》沙漠に没せんとする辺の磽确《こうかく》たる丘陵地帯を縫つて北行すること三十日。朔風は戎衣《じゅうい》を吹いて寒く、如何にも萬里孤軍来るの感が深い。漠北・浚稽山《しゅんけいさん》の麓に至つて軍は漸《ようやく》く止営した。既に敵匈奴《きょうど》の勢力圏に深く進み入つてゐるのである。秋とはいつても北地のこととて、苜蓿《うまごやし》も枯れ、楡《にれ》や檉柳《かわやなぎ》の葉も最早落ちつくしてゐる。木の葉どころか、木そのものさへ（宿営地の近傍を除いては）、容易に見つからない程の・唯沙と岩と磧《かわら》と、水の無い河床との荒涼たる風景であつた。極目《きょくもく》人煙を見ず、稀に訪れるものとては曠野に水を求める羚羊《かもしか》ぐらゐのものである。突兀《とつこつ》と秋空を劃《くぎ》る遠山の上を高く雁の列が南へ急ぐのを見ても、しかし、将卒一同誰一人として甘い懐郷の情などに唆《そそ》られるものはない。それ程に、彼等の位置は危険極まるものだつたのである。

李陵の数奇な運命を、格調の高い文章で書き進め、最後は、次のように結ばれていた。


蘇武と別れた後の李陵に就いては、何一つ正確な記録は残されてゐない。元平元年に胡地で死んだといふことの外は。

既に早く、彼と親しかつた狐鹿姑単于《ころくこぜんう》は死に、その子壺衍鞮単于《こえんてい》の代となつてゐたが、その即位にからんで左賢王、右谷蠡王《うろくりおう》の内紛があり、閼氏《えんし》や衛律等と対抗して李陵も心ならずもその紛争にまきこまれたらうことは想像に難くない。

漢書の匈奴伝には、その後、李陵の胡地で儲けた子が烏藉都尉《うせきとい》を立てゝ単于とし、呼韓邪単于《こかんや》に対抗して竟《つい》に失敗した旨が記されてゐる。宣帝の五鳳二年のことだから、李陵が死んでから丁度十八年目にあたる。李陵の子とあるだけで、名前は記されてゐない。

『李陵』は、「文学界」七月号に掲載された。

作品名は、未定稿のため、深田久彌によって、「出来るだけ主観を入れない、淡白な題」を選んで、『李陵』と付けられた。

しかし、中島敦の文学の全貌が明らかになるのは、戦後を待たなければならなかった。

戦争がいっそう激しくなった昭和十九年、田人は、住んでいた世田谷の家を売り、一家は埼玉県の久喜《くき》に移った。

田人が死んだのは、翌昭和二十年三月九日である。七十歳であった。

空襲警報が発令されて、寒い防空壕に入っていた時、風邪を引き、それがもとで肺炎になったのである。

三月十日未明、米軍機Ｂ29が三百数十機飛来して、東京下町を中心に焼夷弾の無差別爆撃をした。東京大空襲である。死者約十万人、焼失家屋約二十七万戸。戦争は非戦闘員の大量虐殺となり、被害は酸鼻を極め、下町は焦土と化した。東京は、地獄であった。

その夜、田人の通夜であった。

燃え上がる炎で真っ赤になった東京の空が、久喜からよく見えた。ただ、爆弾の音も、町の燃え爆ぜる音も、音は久喜まで届かなかった。

音もなく、東京は燃えていた。

二十二

昭和十七年十二月六日、中島敦の葬儀が東京世田谷の家で執り行われていたその同じ日に、北海道札幌で、一組の男女の結婚式が挙げられていた。

新郎は桜庭幸雄さん、二十七歳。新婦は敏子さん、二十歳である。

幸雄さんは、この世に、父親違いの兄がいることも、ましてや、それが中島敦であることも、その兄が二日前に死んで、今日、葬儀が行われていることも、全く知らなかった。

敦もまた、自分に父親違いの六歳年下の弟がいることも、全く知らないまま死んでいった。

幸雄さんは、大正十二年、関東大震災のあと、尋常小学校二年生の時、父進平に連れられて、北海道に渡り、まもなく来た継母と三人で暮らしていた。

幸雄さんは、昭和十二年三月、小樽高等商業学校を卒業して、ＮＨＫ札幌放送局に就職した。

そして五年後、同じ放送局に勤め、机が隣同士であった敏子さんと愛し合い、この日、結婚式を挙げたのである。

この世に、二人しかいない兄弟の、兄の葬式、弟の結婚式が、同じ日に挙げられていたのである。

幸雄さんは、詩人である。

『海の中の向日葵』『愛あるところに』『動物戯画』の三冊の詩集を刊行されている

「お恥ずかしいものですが。」

そう言って、幸雄さんは、私にこの三冊の詩集を貸してくださった。

「残部が無くなっていて、さしあげられなくてすみませんが。」と、断って。

処女詩集『海の中の向日葵』は、幸雄さんが、札幌放送局に就職した次の年、昭和十三年七月七日に刊行された。

表紙の筆文字の題名・装幀は、根本武雄。

著作兼発行者は、櫻庭幸雄（札幌市大通西十五丁目二番地）。

印刷所は、興文舎印刷所（札幌市南八条西八丁目）。頒価壹円である。

巻頭には、次の詩がある。

向日葵《ひまわり》

――序にかへて――

その花《はな》を
誰《たれ》かは賞《め》でむ
その姿《すがた》
阿呆《あほう》に似《に》たれ
陽《ひ》を恋《こ》ひて
たゞ陽《ひ》を恋《こ》ひて
今日《けふ》も咲《さ》く

われは
ひまわり

ひたすら陽を恋う向日葵は、詩人自身であった。

そして、その向日葵は、不思議なことに、海の中に咲いている。

額に汗をにじませながら、上りつめた坂の上から、振り返って、海を見ると、港には、途方もなく大きな向日葵が、咲いていた。

ここは、小樽の街。幸雄さんは、小樽高等商業学校に学んだ。

小樽の港の海に咲いた向日葵を見た人は、詩人幸雄さんただ一人である。

海の中の向日葵

背後に港の青い視線を感じ
額《ひたひ》に汗をにぢませながら
わたしは坂をのぼつてゆくのであつた

ふりむけば　いつも港は
きら〱と微笑《ほゝゑ(江)》むでゐるのを知つて
くすぐつたいやうな快感が
わたしの肢体をつたふのであつた

頭上には新緑が眩しくつて
樹立《こだち》に藪うぐひすが啼いてゐた

坂をのぼりつめると　もう我慢が出来ず
わたしは振りかへつて海を見た
港には……
途方もなく大きな向日葵が
呆うけた顔で咲いてゐた

この詩集の中に、母チヨを詠んだ一篇がある。

古梅

そのかみの
梅の老い樹《ぎ》に

思ひ出の影のありやなし

そに凭《もた》れ
洗ひ髪
梳《す》きておはしき

若き母
おん母

六つの日の
梅の実の
青さなつかし

六つの時に死別した、母チヨの思い出が、美しく切ない。

「洗ひ髪　梳きておはし」た、若き、おん母の姿が、幸雄さんの瞼から消えることはなかった。

第二詩集『愛あるところに』は、昭和二十一年五月十八日に、出版された。

著者・櫻庭幸雄。

発行所・木星社（小樽市奥沢町五丁目二十八）。

五百部限定出版、頒価七円である。

この詩集には、百田宗治が「序」を書き、更科源蔵が「跋」を書いている。

百田宗治は、「詩情の新鮮であること」を称揚し、更科源蔵は、「曾つて無惨な日本軍閥の行動の中に、一兵卒のあたゝかくけがされない愛のあとを発見して喜ぶ。」「この未来多い詩人の底をなすものは、貫く愛の一線である。」と書いている。

塘沽《タンクー》の町

いんいん濃霧の降る中を
この子は何処へ行かうといふのか
昨日《きのふ》の晩もその前も
霧の夜は必ず出て来て兵站《へいたん》の前を通り
すた〳〵と河口の方へ歩いてゆく

見渡せば塘沽《タンクー》の町は灰色ににぢみ
白河は執拗な濃霧の中に沈んでゐる
（わたしはふと
北海道の釧路の町を思ひ出す
幣舞橋《ぬさまいばし》のてすりが濡れてゐた
遠い北国の夜を思ひ出す）
さうして
ゆらゆらと明るむ灯の下では
ひとびとはみんな善人のやうだ
この子は屹度《きっと》波止場へ出て
青いカンテラの点った舟に乗るのだらう
いんいん濃霧の降る中を
この子は童話のやうに歩いてゆく

陸軍に召集され、兵士として中国にあった時の作である。
戦いの場にありながら、灯の下にいる人々を、「みんな善人」のように見る。この「みんな」は、当時敵国である中国の人たちか。日本の兵もいるのだろうか。詩人の眼には、「みんな」なのである。

「この子」は、少年のようにも思えるし、少女のようにも見えてくる。そして、この子は、「童話のやうに歩いてゆく」。

それを見つめている兵士がいた。

戦争中の兵士の詩として、銘記したい。

第三詩集『動物戯画』は、一九七三年（昭和四十八年）十月三十日発行である。

著者・櫻庭幸雄。

発行所・昭森社（東京都千代田区神保町一ノ三）。

著者の現住所は、川崎市多摩区上麻生一八一〇‐一七（現・麻生区）である。

幸雄さんは、「はじめに」の中で、「いづれも北海道にいた頃の、戦後数年間の貧しいスケッチです。」と書いている。そして、「東京に移り住んでからは、十数年全く書いておりません。」と。

ここには、五十四種類の鳥、獣、虫などを題にした、著者自身が「戯画」と名づける詩が、収められている。

この中から、短詩二篇を挙げる。

蜻蛉《とんぼ》

ひかり湛える透明な翅だけを残し
いっさいの虚飾を脱ぎ捨て
鶏頭花《けいとう》のてっぺんで
天に向って十字をきる

なめくじ　A

なめくじが生れた　誰も知らなかった
なめくじが恋をした　誰も知らなかった
なめくじが世を憂えた　誰も知らなかった
なめくじが絶望した　誰も知らなかった
なめくじが遺書を書いた　誰も知らなかった
なめくじがこの世から消えた　誰も知らなかった
木枯しばかりが吹いていた

なめくじは、生まれ、恋をし、必死に生きて、遺書まで書いて、死んでいったのに、誰も知らなかった。そのいのち、存在、悲しい生涯など、此の世に、知るものは一人もいなかった。誰にも知られることなく、生まれ、消えていったいのちであった。計り知れない孤独である。

十数年前の作品でありながら、幸雄さんにとって、まとめなければならない詩集であった。詩を書かなくなっても、なお孤独は深かったのである。

二十三

昭和二十三年（一九四八）十月から翌二十四年六月にかけて、『中島敦全集』全三巻が筑摩書房より刊行された。これによって、中島敦の文学の全貌が明らかになった。

この『中島敦全集』が、昭和二十四年度の毎日出版文化賞を受賞して、新聞に発表された日のことである。

新聞を見ていた幸雄さんの父進平が、幸雄さんに、『中島敦全集』の記事を指さして、言った。

「幸雄、この中島敦というのはな。お前の母親のチヨが、おれと結婚する前に、嫁に行っていた中島という家に残してきた子どもだ。」

幸雄さんは、しばらくは何のことか理解できなかった。

チヨが自分を生む前に、他の人と結婚していた。そこに、父親違いの自分の兄がいた。

それが、この中島敦である。……というのである。

初めて聞くことであった。驚き、信じられない思いであった。

幸雄さんは、この時、三十四歳。結婚して妻と、三歳と一歳の二人の男の子がいた。


幸雄さんは、自分の不思議な運命に衝撃を受けると同時に、敦のこと、敦の家族のことを、詳しく知ろうとした。

敦は、七年前の昭和十七年に三十三歳で死んでいて、すでにこの世にはいなかった。

幸雄さんは、敦の遺族を探した。

埼玉県久喜に、妻と二人の遺児がいることがわかった。

幸雄さんが、久喜を訪ねて、初めてタカに会ったのは昭和三十年十一月、東京へ出張した時である。

敦の死後十三年、幸雄さんは四十歳であった。タカは、四十六歳であった。

タカは、子どもを育てるために、大きな風呂敷で狭山茶を背負い、行商をしていた。

「タカは、敦の思い出の中だけに生きていました。」

幸雄さんは、初めて会った時のタカについて、そう話された。

私は、幸雄さんに、何通かの、幸雄さん宛のタカの手紙を、見せていただいた。

二人が初めて会ったあとの最初の手紙は、次のとおりである。

お二人に断ってから公開すべきであるが、いまはお二人とも、この世の人ではない。遠く遥かに、お許しを請うしかない。

封筒の表は、

北海道札幌中央放送局放送部
櫻庭幸雄　様

になっており、法隆寺の仏像の十円切手が貼られていて、消印は30・12・1になっている。

裏は、

十二月一日
埼玉県久喜町新二
中島たか

である。

すばらしいめぐり逢ひをしながら　おなつかしいお便りを頂きながら　御礼もお詫びも申上げませず　失礼のみ何卒おゆるし下さいますやうに、もう今日から十二月　いよ〳〵お寒い季節に入りました、其の後、お坊ちゃま方はじめ皆々様にはお障りもいらっしゃいませんか、お伺ひ申上げます、お目もじ致しまして以来、中島家の中にあって影のうすい私共にとりまして　味方を得た喜びで胸一ぱいで御ざいます、其の節は何を申上げましたか　私ばかり大きな声でおしゃべり致して了ひまして　貴方様はいつも聞き手で御遠りょ遊ばし　お恥しい限りで御ざいます、今度は色々お聞せ下さいますやう、私はなるべく御遠りょ申上げますから……

此の四日で主人の十三年の命日を迎へますが　未だ悲しみは去りやらず　冷い墓の下で眠ってゐる人が可哀さうで〳〵なりませぬ、

この世でたった一人の愛する人頼る人を失ひまして以来のみじめさ　いくら泣いてもつきません。宗教によっても愛する子供達によってもなぐさめられるものではありません。人の世の定めとは申せあまりにも哀しゅう御ざいます、

御礼申上げますのが後になって了ひまして申訳も御座いません、其の節は結構な

品々おめぐみ頂き厚く御礼申上げます、日々多忙を極めてをりますが・・・今日十二月一日は休みましてお詫びをしたゝめさせて頂きます、空はどんよりくもって風さへあり　北海道をしのぶに好都合のお天気で御ざいます、ストーブのそばで御家族の皆々様で色々お話になっていらっしゃるのを御想像致しながら　おなつかしさ一しほで御ざいます、

私には教会での礼拝の時間が一ばん楽しい時で御ざいます、日曜日。水曜日。金曜日。（家庭集会）毎週三回ございますがみんなは中々出席出来ませんが　四日の命日には　横浜時代の生徒が二人久方ぶりに尋ねてくれまして墓参にまゐるつもりでございます、

どうぞお身体お大事に遊ばし　又こんど出張遊ばしました節は御ゆっくりお話お伺ひ出来ますやう楽しみにお待ち申上げて居ります、お子様方お大切に御両親様御奥様にもどうぞよろしく

十二月一日　　　　　　　　中島たか

櫻庭幸雄　様

御許

この二年後、昭和三十二年に、幸雄さんはNHK東京放送局に転任した。

幸雄さんは、タカの生活を心配した。遺族の窮状を知った中村光夫、釘本久春らの口利きで、NHKがタカのお茶を定期的に買ってくれることになった。これによって、タカの生計も救われたようである。

私には何のかかわりもないが、中村、釘本両氏の労を多とし、NHKに対しても、よくぞ買ってくれた、という気持ちになる。


幸雄さんの父桜庭進平が亡くなったのは、昭和三十四年二月六日である。六十七歳であった。

進平は、大正十年（一九二一）二十九歳の時、まだ小学校入学前の六歳の幸雄さんを残して、妻チヨに死なれた。

翌年、関東大震災に遭い、東京での生活にめどが立たなくなり、北海道に渡った。その翌年、八歳年下のつると再婚したが、つるには子どもがなかった。

進平は、明治生命に勤め、外回りの仕事をしていた。

体格がよかったが、気の弱い、人のいい人であった。酒と野球が好きであった。進平の兄弟は、医者になった兄を始め、みな地位や名誉を得たが、進平だけが成功者ではなかった。

五十五歳で定年退職したが、知人の借金の保証人になっていたり、いろいろなところから金を取られたりして、退職金は何も残らなかった。

退職後は、持っていた国債を金融機関に売って、小遣いにしていた。酒を飲んで荒れることもあった。

膵臓癌で亡くなった。

進平の墓は、北海道の手稲霊園にある。進平の両親も、ここに眠っている。


幸雄さんは、NHKで、科学産業部長、広報局次長、放送世論調査所長等を歴任して、昭和四十六年、五十六歳で定年退職した。

その後も、日本放送出版協会取締役、日本放送教育協会常務理事等の要職にあった。

二十四

私は、ささやかな歌集『薄明』を刊行した二十歳のころから、深田久彌さんに親しくしていただいていた。

昭和二十八年私は、信州蓼科高原《たてしなこうげん》で絵を描き続けておられた洋画家小堀四郎《こぼりしろう》先生（杏《あん》奴《ぬ》夫人は、森鷗外次女）、ホテル親湯《しんゆ》社長柳澤幸男《やなぎさわゆきお》さんのお招きを受け、郷里の富山県から、蓼科高原に開設された小学校分校の教師として赴任し、ホテル親湯に滞在した。私は、深田さんに転居通知を出すと、すぐ返事が来た。当時、深田さんはまだ疎開のまま、金沢市在住であった。

お葉書有難く存じました。親湯は
二度行ったことがあります。一度は冬、スキー
に、一度は秋の末　島木健作君と二人で行
きました。蓼科山、八子ヶ峰、大河原峠、
みな既遊の地で、あのへんは私にとってな
つかしい所です。赤彦の歌がたくさんあ
るでせう。左千夫の歌も。貴兄の詩嚢
の豊かならんことを祈ります。

ちなみに、このお便りのなかにある島木健作について、中島敦は、南洋にいた昭和

十六年十二月八日の日記に、日米開戦のことを知ったことを記したあとに、その著書を読んだことに触れている。

……午後、島木健作の満洲紀行を読む、面白し。蓋し、彼は現代の良心なるか。

深田さんが、東京都世田谷区に転居したのは、昭和三十年の夏である。

昭和三十三年、私は五年間の蓼科生活を終えて、東京に転勤した。

東京に移るとすぐ、深田さん宅を訪ねた。

深田さんは、あまり酒をたしまない私に葡萄羊羹を勧め、爪楊枝の先で刺すと、まるい羊羹を包んでいる薄いゴムが、くるりと剥ける、その食べ方を実演してくださるのであった。自分は、紅茶にウイスキーをごぼごぼ入れて、美味しそうに飲まれた。

歓談していて、話が中島敦に及ぶと、

「あ、そうそう、この間、中島敦の書いたものを送ってきたから、あげましょう。」

深田さんは立ち上がって、敦自筆の訳詩の複製を持って来てくださった。

それは、孟浩然の詩『早寒江上有懐』を敦が訳したもので、ペン書きの書であった。

雁も去り　木の葉も落ちぬ
水の上《え》の　風の寒さや
ふるさとの　雲も離《さか》りて

水と空　相会ふあたり
あはれ　わが棚無小舟《たななしおぶね》
涙のせ　流れ行くかな

日もゆふべ　いづこぞ　此処は
見はろかす　海は　はるばる

敦が、昭和十三年、横浜高等女学校の同僚岩田一男《いわたかずお》（のち一橋大学教授。一九一〇～一九七七）が、小樽高等商業学校に赴任する時に贈った『箋註唐賢詩集』に、小さな紙片に書いて挟んであったもので、それを拡大して複製したものであった。

孟浩然の詩は、揚子江のほとりにあって、望郷の思いを詠じたものである。

木落鴈南渡
北風江上寒
我家襄水上
遥隔楚雲端
郷涙客中尽
孤帆天際看
迷津欲有問
平海夕漫漫

木落ちて雁《がん》南に渡り
北風江上《こうじょう》に寒し
我が家は襄水《じょうすい》の上《ほと》り
遥かに楚雲《そうん》の端《たん》を隔《へだ》つ
郷涙客中《きょうるいかくちゅう》に尽き
孤帆天際《こはんてんさい》に看《み》る
津《しん》に迷いて問う有らんと欲《ほっ》すれば
平海夕《へいかいゆう》べに漫々《まんまん》たり

「襄水」は、襄陽の南を流れる川。襄陽には孟浩然の家があった。「客中」は、異郷で 旅暮らしをしている間。「津」は、渡し場。

敦についての話がひとしきり続いたあと、

「小説はやっぱり、文体だね。中島敦では、『李陵』がいちばんいいね。」

深田さんは、感に堪《た》えながら言われた。

私は、同感しながら聞いた。

昭和四十六年（一九七一）三月二十一日、深田久彌さんは山梨県の茅ヶ岳《かやがたけ》（一七〇四メートル）登山中に亡くなった。

頂上を目前にした女岩で、同行者から、五月下旬になればこのあたりにイワカガミの花が咲くと言うのを聞いて、

「それは、きれいでしょうね。」

と言った直後、前のめりに倒れて、意識を失った。

脳卒中であった。享年六十八。

私は、その前年の八月の終わりごろ、尾瀬に遊び、燧ケ岳《ひうちがたけ》に登り、至仏山《しぶつさん》に登った。

至仏山から下りてきた夜、山《やま》の鼻小屋《はなごや》から、深田さんに絵葉書の便りを出した。

尾瀬から帰ったら、深田さんから、七面山《しちめんざん》より見た富士山の絵葉書に書かれた返事が届いた。

尾瀬からのお便り
有難う。戦後私は
まだ一度も尾瀬へ行
きませんが、燧、至佛
の姿は今もありあ

りと思ひ浮べられ
ます。十月三日から
又シルクロードの旅に出ます。

これが、私のいただいた最後のお便りになった。

深田さんの葬儀が終わって数日後、私は、しげ子夫人に案内されて、深田さんの書庫、九山山房《きゅうさんさんぼう》のなかで、しばらく言葉もなく呆然と立ち尽くしていた。

二十五

タカは、『山月記』を読むたびに、虎と化した隴西《ろうせい》の李徴こそ敦だ、と思った。あの虎の叫びが、敦の叫びに聞こえてならなかった。

タカが逝ったのは、昭和五十九年（一九八四）十月二日である。七十五歳であった。敦の死後、四十二年間生きた。

タカの遺体を棺に納める時、敦が初めての印税でタカのために買った小千谷縮《おぢやちぢみ》の着物を、死出の旅路の衣装として、白い経帷子《きょうかたびら》の上に着せた。タカは箪笥の一番上の引き出しに入れて、大切にしていた着物である。

敦に買ってもらった着物を着て、タカは、愛してやまなかった敦のもとへ旅立った。

タカは、手島郁郎《てしまいくろう》が戦後に立教した、新興教団の「原始福音・キリストの幕屋《まくや》」（機関紙『生命之光』）の熱心な信者になっていて、ここへ、敦の印税のほとんどを寄付していた。

澄子さんは、

「姉がよければ、それでよかったんじゃないですか。」

と言われた。

葬儀は、その教団によって執り行われた。

参列した幸雄さんは、葬儀のなかに入れないような違和感を感じていた。

タカは、母性愛の強い人であった。誰に対しても、優しかった。みんなに献身的に尽くした。そして、身を飾ることは、ほとんどなかった。

「田舎の貧乏百姓の娘だから、おしゃれをすることなど知らない。」

タカは、よく言っていた。

澄子さんの娘さんの順子さんは、小さいころ、タカのことを「青おばちゃん」と呼んでいた。タカは、よく青い色の着古したセーターを着ていた。幼い順子さんには、タカは、青い人であった。

中島家の親戚の集まりがあると、タカは、いつもお茶を出したり、片付けをしたりして、一緒に座って話し合いの中に入っていることは、ほとんどなかった。

順子さんは、母の澄子さんに言った。

「青おばちゃん、かわいそう。」

やさしい少女の瞳に映ったタカの姿であった。

中島家の人々は、学者や、高学歴の人ばかりである。小学校しか行っていないタカは、異質な存在であり、みんなに低く見られていた。

唯一、タカを莫迦《ばか》にしなかったのは、翊《たすく》である。翊は、キリスト教のプロテスト派の伝道師であった。敦は、この伯父を敬愛した。

志津も、初めタカを莫迦にしていた。

志津は、浦和高等女学校の国語教師で、独身であった。その志津にも、タカは献身的に尽くした。

志津は、いつか、タカに感謝するようになっていた。

志津が死去したのは、昭和三十三年（一九五八）八月二十日である。

浦和高等女学校の教え子たちに、数え年八十八歳、米寿の祝いをしてもらって、まもなくのことである。

志津は、日頃、「二週間。」と言っていた。「それ以上病むと、身内の者もいやになる。」

その言葉どおり、くも膜下出血で、二週間意識のないまま、看病してもらって死んだ。

志津は死ぬ前に、預金、土地、家屋等の自分の全財産を、タカと澄子さんに譲ると、盛彦さんを立会人にして、遺言書を書いた。


敦が死んで、大分経ったある日のことであった。

タカは、しみじみと、

「主人は、死んで、初めて私のものになりました。」

と、澄子さんに言った。

敦の女性関係に悩む日もあった、タカの述懐である。

タカの死後、簞笥の引き出しの中から、敦と特別に親しかった女生徒の手紙が、出てきた。タカは、女生徒の手紙を、死ぬまで持っていたのである。

敦の長男桓《たけし》さんの夫人、美しい毛筆の字を書かれるやさしい敏枝さんが、澄子さんに、言った。

「女の執念て、恐ろしいわね。」

二十六

幸雄さんは、敦のことを「トン」と呼ばれる。

ある日、いつもの喫茶店で私と二人で話をしていた時、ふと、幸雄さんは窓の外の秋空を見上げながら、

「トンに、一度、会いたかった……」

つぶやくように言われた。

私は、黙っていた。言うべき言葉がなかった。

昭和六十三年十一月、幸雄さんから句集『悟浄』（永田書房）を贈られた。

幸雄さんは、昭和五十五年、六十四歳の時から俳句を始め、川崎展宏主宰の『貂』に入会して、句作を続けてこられた。

これが、幸雄さんの最後の著書となった。

句集『悟浄』には、幸雄さんの生い立ちにつながる、次の二句がある。

朝顔やわが誕生日口にせず
むらさきの戸籍謄本夏座敷

「朝顔や……」は、心の奥に秘して、自分の誕生日を口にすることがなかった悲しみが、抑制され、清らかに表現されている。

「むらさきの……」。一時期、紫色に複写される複写機があった。戸籍謄本も、この器械によって複写されていた。

母チヨの事項、自分の出生などが記載されている紫色の戸籍謄本が、夏の座敷の、涼しい畳の上に置かれている。苦難の運命が秘められている戸籍謄本も、畳も、懐かしく、涼風と共に澄んだ寂寥が流れている。

『悟浄』の「あとがき」を、幸雄さんは、次のような文章で結んでおられる。


なお句集名の「悟浄」は、西遊記の三蔵法師のお弟子で河童の精の沙悟浄である。俳句とは何のかかわりもないが、若くして逝った「山月記」「李陵」や「悟浄出世」「悟浄歎異」の作者に、縁あるものの一人として老来彼を思うことしきりなので。

「縁あるものの一人」とだけで、どのような縁なのかは、書かれていない。同じ母の胎内から生まれた、たった二人の兄弟でありながら、幸雄さんが三十四歳になるまで、その存在すら知らなかった兄敦。

知った時には、兄は、すでに亡き人であった。

幸雄さんが二十七歳になるまで、敦は、同じこの世に生きていたのである。知っていれば、当然、会えたはずである。しかし、一度も相会うことはなかった。その兄を思うことしきりであった。

兄だと知って会いたいと思った時には、すでにこの世にいなかった。『山月記』『李陵』などの名作を書いた兄。

どうすることもできなかった運命を、静かに思い続けておられた。

この句集『悟浄』を刊行されるしばらく前に、幸雄さんは癌のため直腸を一〇センチメートル切除する手術を受けた。

翌平成元年（一九八九）七月に、新百合ヶ丘のいつもの喫茶店で会った時には、ずいぶん弱っておられるなと思った。

この日、幸雄さん宛のタカの手紙を持ってきて、貸してくださった。昭和三十年十二月一日付と、昭和三十七年七月十七日付の二通である。


九月のある日、幸雄さんから電話があった。

初めは、元気な声で、

「都内某所にいます。」

笑いながら言われたが、また、入院されたのであった。

病院から、手紙が届いた。

台風一過久し振りに美しい雲のうごきがみられます、
（中略）
一日も早く退院し、また小田急沿線のどこかで清談できる日を
たのしみにしてゐます、
小生この廿三日で七十四才に相成ります、
今生《こんじょう》のまことそらごと初嵐
あなどりて一病加ふ花南瓜《ハナカボチャ》

など駄句をこしらえては点滴をうけています、
時節柄先生も御自愛専一になさいますよう、先は
御礼まで

九月十九日

桜庭　拝

武内雷龍様

玉机下

年下の私を、教師だということで、「先生」と呼んでくださるのであった。

平成二年二月十五日に、私は、新大久保の社会保険中央総合病院に、幸雄さんを見舞った。

奥さん（敏子夫人）から、

「本人には知らせてありませんが、癌が肝臓に転移して、もう治る見込みはないのです。」

との電話をいただき、驚いて、行ったのである。

七階の病室に、幸雄さんは、一人でベッドの上に座っておられた。病人とは思えないほど元気で、

「談話室へ行きましょう。」

と言って、枕もとにあった柚子餅の箱を持ち、先に立って案内してくださった。

談話室には、私たち二人だけであった。

幸雄さんは。お茶と柚子餅をすすめてくださった。奥さんの、癌でもう治ることはないという話は、信じられなかった。

幸雄さんは、

「近頃、こんな俳句を作りました。」

と言って、メモ用紙を探された。

私の手帳を差し出すと、そこに、四句の俳句を書かれた。

雪やまず海市めきくる新宿区　幸雄
新宿の空のむらさき夜長星
新宿のどこかで祭夕焼空
新宿や尻のやうなる雲の峰

どれも病院の窓から見た情景である。

ひとしきり俳句の話をしたあとで、

「病院の外の町の食堂で、ラーメンでも食べたいと思うことがありますよ。」

と言われるので、

「はやくお元気になって、一緒に食事をしましょう。」

と約束した。

奥さんがあのように言われたが、元気で退院される日が来るような感じがした。そして、それを祈った。

数日後、幸雄さんから、葉書が届いた。病院のベッドの上で認められたものであった。


もう少しゆっくりお話したかったのですが、あんな場所では落ち着かず早くよくなって然るべきところでお逢いしたいものです。


三月二十二日、奥さんから手紙をいただいた。

手紙を読んで、驚き、すぐに奥さんに電話をした。

「主人の容体が悪くなりました。意識が、朦朧としています。もう、家に帰ることはないと思います。」

奥さんの言葉に、絶句した。

翌二十三日、私は病院へ行った。病室には、奥さんが付き添っておられた。

幸雄さんは、昏睡状態であった。

二十一日に急変したとのこと。先月は、あんなにお元気だったのに。

奥さんが、幸雄さんの肩をゆすり、耳に口を寄せて、

「武内先生が来てくださいましたよ。」

と呼びかけられたが、目を覚まされることはなかった。昏々と眠り続けておられた。

眼鏡をはずして、横向きに寝ておられるお顔は、小さく、別人のようであった。

「あと二、三日なんです。」

奥さんは、静かに言われた。

幸雄さんは、数日前の夜中にうなされて大きな声を出した、と同室の人から奥さんに告げられたという。

温厚静謐な幸雄さんが、どんな夢を見ておられたのであろうか。

私は、幸雄さんに声をかけることもなく、さびしく病院を辞した。

幸雄さんが亡くなったのは、それから四日後の三月二十七日である。

享年七十四。あと十三日で、七十五歳であった。

次の詩は、昭和五十五年作、詩誌「木星」に掲載されたもので、詩としては、幸雄さんの最後の作品である。

スーツケースとマスクについて

死にぎわに私はどんな面《つら》をするだろう
病み疲れの髯づらか
よだれまみれの痴呆のそれか
あるいは悟りきれない幽霊のうらめしやか
どっちにしろ様《さま》にならぬことおびたゞしい。
人間生れたときの鮮やかさに比べ
死にぎわのなんと不様《ぶざま》なことか。

私よ　目覚めてはそこばくの書を読み

暮れては酒をくらって眠る
あと百回千回繰りかえすうちに
確実にその日がやってくる
その日私はどんな身仕度《みじたく》で出かけたらよいのか。
たとえば家人の寝静まるのを待って
こそこそと忍び足で出かけるのか
それとも旅行にでも出かけるように
小さなスーツケース一つぶらさげて
ぢゃあと手を振って出てゆくのか――
しかし私はその時のスーツケースさえ
まだ用意していない。

あゝ私よ　いつか私の出かける日のために
小さなスーツケースを買ってこよう
そしてもう取り返しのつかぬことだけれど
過ぎた日の浅慮や偏屈や臆病や卑怯未練や

その他数えきれない程の汚れ物を
みんな襤褸《ぼろ》きれのように切り刻んで
こっそりとそのケースに詰め込んで置こう
出発の日私がそれをぶらさげて
何喰わぬ顔をして出てゆくために。
それからもうひとつ
白い大きなマスクを用意しよう
ひょっとして死にぎわに気でも狂って
とんでもないことを
口走ったりしないために。

幸雄さんには、汚れ物など一つもなく、スーツケースもマスクもいらなかった。仏様のようなお顔で、悲しみと寂しさを心に秘めて、静かに眠りながら旅立って行かれた。川崎市麻生区上麻生二丁目の自宅で、二十八日通夜、二十九日葬儀が執り行われ、そのあと荼毘に付された。
あんなに思慕し続けておられた母チヨ、兄敦のところへ行ってしまわれたのである。

チヨの死後六十九年、敦の死後四十八年であった。

あの世で、三人相会うことができたであろうか。

幸雄さんの墓は、神奈川県の厚木霊園にある。


チヨの墓は、東京北青山の高徳寺にある。生前、幸雄さんに教えていただいた。

「チヨの墓に参るのは、私一人です。」

幸雄さんが、寂しそうに言われたのが、忘れられない。

父進平の墓は北海道、母チヨの墓は東京、幸雄さんの墓は神奈川県である。

二十七

私が、チヨの墓を訪ねたのは、幸雄さんが亡くなってしばらく経った、逝く春の一日であった。

浄土宗高徳寺は、地下鉄「外苑前」駅から、徒歩数分のところにある。

門を入ると、小ぢんまりした本堂が、広い寺域の中に、静かに立っている。

本堂の向かって左側に、墓域に通じる門がある。そこから本堂の軒下に敷かれた石の道を進むと、道は左に直角に折れる。その道なりに墓石の間を進むと、右側に一本の楠が立っている。新緑が美しい。この墓域では、一番大きい木である。この木を通り越して、左折すると、右側にチヨの墓があった。

幸雄さんが、合掌しておられる姿が、見えるようであった。

私は合掌し、しばらく瞑目した。

三段に重ねられた石の上に、墓碑が立っている。

一段目の石の正面に、右横書きで「岡崎氏」と彫られ、その前に花立が二基置かれている。

墓碑の正面の中央には、

先祖代々之墓

とあり、その右に、

實成院賢覚勝善信士　明治四十四年
四月四日

とあるのは、チヨの父岡崎勝太郎であろう。旗本の出で、警官をしていたといわれる。敦が生まれたのは、明治四十二年五月五日であるから、二歳になる敦を見ていたのである。かわいい孫を抱いたこともあったであろう。勝太郎の死の前年に、チヨは中島田人と離婚している。敦には、祖父勝太郎の記憶はない。

左に、

誠心院勝室喜法信女　昭和十四年
十月二十六日

とあるのは、きのであろう。

きのも、また、淋しい生涯であった。夫にも、一人娘にも先立たれ、一人の孫幸雄さんとも離れて、孤独な晩年であった。

小学校二年生の幸雄さんと別れて以来、会ったのは一度だけである。大学生になった幸雄さんが、上京して、荻窪で一人暮らしをしていたきのを訪ねた時であった。

墓碑の右側面は、

夏雲涼泉信女　長女ちょ
大正十年
七月三日

である。

裏面は、

大正十二年四月四日
施主　岡崎きの

である。

きのは、夫勝太郎の十三回忌の日に、この墓碑を建てたのである。この年の七月三日は、チヨの三回忌である。

チヨの遺骨は、きのによって、実家の岡崎氏の墓に入れられたのである。

きのの戒名は、きのの没後に彫られたのであろう。きのは、この墓を建てた時、自分の戒名が彫られる余地を空けておいたのである。

きのの葬儀、墓碑への戒名の彫り入れの依頼などは、東京にいた、きのの親戚の人が行なったのであろう。

チヨの戒名は、

「夏雲涼泉信女」

である。

美しい戒名である。

チヨは、夏雲のような、涼しい泉のような、女性だったのだ。

二人の男と結婚して、やがて中島敦になり、桜庭幸雄さんになる、父親の違う二人の子どもを残して、幸せ薄い、短い生涯を終えた。

私は、長い間、時の経つままに、墓前に立ちつくしていた。

もうすぐ夏になろうとする空に、白い浮雲のひとかたまりが静かに流れていた。

〈注〉

一　人名の表記

・「チヨ」「タカ」は、戸籍のとおりカタカナとし、書簡などで、田人、敦、本人が、「千代」「たか」と書いているところは原文どおりにした。

・「桜庭幸雄」は、私のいただいた書簡は、すべて「桜」になっているので、この表記にした。

・「深田久彌」は、私のいただいた書簡には、「久彌」「久弥」(手書きのものはすべて久弥)の両方があるが、「久彌」とした。

二　引用文献

・引用は、原文どおり(句読点、促音の並文字等も)としたが、漢字は新字体に、振り仮名をつける時は、現代仮名遣いに拠った。

本作品を書くにあたり、次の方々には、直接お話をうかがったり、お手紙をいただいたり、大変お世話になった。

桜庭幸雄氏（故人）
桜庭敏子氏（故人）
折原澄子氏
中島　桓氏
中島敏枝氏
深田久彌氏（故人）

資料をいただいた方

木村道之助氏
古川純市氏
岩坪充雄氏

参考図書（参考にさせていただき、また多くの引用をさせていただいた。）

『中島敦全集』（編集委員・中村光夫、氷上英廣、編集・校訂・郡司勝義。筑摩書房。昭和五十一年）、同（編集・高橋英夫、勝又浩。筑摩書房。平成十三年、十四年）
『中島敦研究』（編者・中村光夫、氷上英廣、郡司勝義・筑摩書房。昭和五十三年）
『中島敦・光と影』田鍋幸信編著（新有堂・平成元年）
『写真資料　中島敦』田鍋幸信編（創林社・昭和五十六年）
『中島敦　父から子への南洋だより』川村湊編（集英社・二〇〇二年）
『お父ちゃまのこと』中島敦夫人タカ　回想録・（聞き手）早川由紀子。（中島敦の会
『没後五〇年　中島敦展―一閃の光芒―』一九九二年、県立神奈川近代文学館（田鍋幸信編）
『生誕100年記念　図説　中島敦の軌跡』平成二一年、中島敦の会（村田秀明編著）
『中島撫山小伝』（村山吉廣・編集、鷲宮町教育委員会・発行。昭和五十八年）
『國譯漢文大成　文學部第十二巻　晉唐小説』（大正九年、国民文庫刊行會）
『新釈漢文大系　唐代伝奇』（内田泉之助・乾一夫著、昭和四十六年、明治書院）
『漢文大系』（冨山房）
『孟子』小林勝人訳注（岩波書店）
『中国古典文学大系・孟子』藤堂明保・福島中郎（平凡社）
『中国の古典・孟子』藤堂明保監修・大島晃訳（学習研究社）

『孟子』金谷治（朝日新聞社）
『吉田松陰全集』（岩波書店）
『鷗外全集』（岩波書店）
『荷風全集』（岩波書店）
『齋藤茂吉全集』（岩波書店）
詩集『海の中の向日葵』櫻庭幸雄著
詩集『愛あるところ』櫻庭幸雄著（木星社）
詩集『動物戯画』櫻庭幸雄著（昭森社）
詩集『おるがん』桜庭幸雄著
句集『悟浄』桜庭幸雄著（永田書房）
句集『紫苑』桜庭敏子著（富士見書房）
『文ちゃん伝』大山真人著（河出書房新社）
『パラオ――ふたつの人生　鬼才・中島敦と日本のゴーギャン・土方久功展』（世田谷美術館）
『狼疾正伝　中島敦の文学と生涯』川村湊著（二〇〇九年、河出書房新社）
『中島敦「山月記伝説」の真実』島内景二著（二〇〇九年、文藝春秋）
『南海漂蕩　ミクロネシアに魅せられた土方久功・杉浦佐助・中島敦』岡谷公二著
（二〇〇七年、冨山房インターナショナル）

武内雷龍（たけうち・らいりゅう）

1929年生まれ。富山、長野、東京の小学校教師、校長。

日本女子大学講師、文京学院大学講師を経る。

孤高の洋画家・小堀四郎の薫陶を受ける。

歌人、作家。

歌集に『薄明』『山原』『無限』がある。

創作には、『少女』『犠牲者』『屏風と猫』『無明』『白老コタン』『湖』『遠い雲』等。

森鷗外、永井荷風、宮澤賢治、万葉集、教育等に関する評論、随筆も多い。

夏雲　『山月記』中島敦と、その母

2012年5月22日　初版発行

著者／武内雷龍

装丁／横本昌子

発行人／山田一志
発行所／株式会社　海象社
〒112-0012　東京都文京区大塚4-51-3-303
Tel.03-5977-8690　Fax.03-5977-8691
http://www.kaizosha.co.jp
振替　00170-1-90145
組版／オルタ社会システム研究所
印刷／シナノ書籍印刷株式会社

ISBN4-907717-31-5 C0095

乱丁・落丁本はお取り替えいたします。

定価はカバーに表示してあります。